L'Exception

AUÐUR AVA ÓLAFSDÓTTIR

L'EXCEPTION

*Roman traduit de l'islandais
par Catherine Eyjólfsson*

ZULMA
18, rue du Dragon
Paris VIe

Pour Al

NOUS VOULONS ÊTRE
LES POÈTES
DE NOTRE VIE et d'abord
dans les choses les plus modestes
et les plus quotidiennes.

Nietzsche, *le Gai Savoir*

Il n'y a que trois pieds
entre
le corbeau et mon mari et au moment où
celui-ci dénoue le fil de cuivre du bouchon de
champagne, l'oiseau déploie ses ailes d'un noir
d'encre sur la balustrade du balcon et prend
son essor dans l'obscurité polaire. D'habitude ils
sont deux – un couple de corbeaux –, cette fois
solitaire, l'oiseau donne l'impression d'être étonnamment lourd, comme un antique bombardier. Je
devine au mouvement de ses lèvres que mon mari
me parle, mais sans l'entendre ; le bruit des feux
d'artifice qui dégringolent du ciel embrasé l'oblige
à se répéter. Il me regarde bien en face, braquant
vers moi la bouteille comme un fusil sur sa cible,
puis il se détourne et fait sauter le bouchon en
direction du sorbier. Il verse le contenu rosé dans
deux verres et m'en tend un ; sa main tremble, son
visage est parcouru de frémissements comme s'il
allait pleurer. En chemise blanche, dehors, par
moins dix degrés, il doit être transi. Je débarrasse les
restes d'un ragoût de veau au vin rouge, je relève un

peu ma robe longue vert bouteille et sors le rejoindre, bras nus, dans le froid mordant. Les jumeaux dorment à poings fermés dans leurs lits à barreaux, à l'étage au-dessus. Plus tôt dans la soirée, chacun a eu le droit d'allumer son étoile filante.

Je demande alors à l'homme de ma vie :

— Que disais-tu à propos de Flóki ?

Dans chaque jardin et sur chaque balcon se déroule à ce moment même la bataille décisive entre l'année révolue et la nouvelle, ce qui explique que je n'ai pu l'entendre. Il répète alors distinctement :

— Pardonne-moi, mais je l'aime. Tu es la dernière femme de ma vie.

Je me tiens là, en escarpins dans la neige craquante, sous une pluie de pétards multicolores, en proie au roulis tandis que le balcon fait des vagues. Mon cœur, cette pompe sanguinolente endiablée, bat la chamade, tandis que j'essaie de focaliser mon attention sur le sorbier.

— Qu'est-ce que tu veux dire en me racontant que tu aimes Flóki ? Je croyais que vous étiez collègues.

— Oui, et amants.

— Mais nous, on est mariés depuis onze ans.

Mon mari regarde derrière moi dans le noir.

— Tu devais bien t'en douter, dit-il.

— Non, je ne savais rien.

— Tu me regardais quelquefois comme si. On ne sait jamais à quoi pense une femme.

— Mais il a réveillonné avec nous ce soir.

— Oui, il a réveillonné avec nous ce soir.

Peu avant minuit, notre ami célibataire s'était soudain rappelé qu'il avait promis de faire un saut chez sa mère au moment où la nouvelle année s'annoncerait et, après nous avoir remerciés pour cette bonne soirée, il s'en était allé. Restait encore à savourer le dessert, un tiramisu qui attendait dans un joli saladier sur la table. Avant de prendre congé, il m'avait suivie dans la cuisine et, en me posant une main sur l'épaule, m'avait complimentée sur l'osso buco, curieux de savoir si c'était du fenouil frais que j'avais mis dans la sauce.

— Cette relation dure depuis longtemps ?

— Dans une certaine mesure, depuis le quinze avril dernier.

Je ne lui demande pas ce qui s'est passé le quinze avril mais pourquoi il a choisi pour l'heure de vérité l'ultime soir de l'année, cette cloison diaphane du temps qu'on associe au nouvel an et qui serait totalement invisible si la coutume ne la gonflait démesurément avant qu'elle n'éclate en lambeaux.

— J'avais envisagé de te le dire cet été, mais je n'ai pas trouvé le bon moment, déclare mon spécialiste en géométrie du temps biologique.

— Et tu trouves que c'est maintenant le bon

moment, le soir de la Saint-Sylvestre à minuit moins onze, dis-je avant de boire une gorgée du breuvage rose.

— Oui, comme ça nous pourrons tous deux commencer symboliquement une nouvelle vie demain jeudi, premier janvier.

Et il se détourne, le verre à la main, pour s'accouder à la rampe de fer glacée et scruter un point dans le jardin, les muscles tendus sous la chemise fraîchement repassée. Perla, notre voisine de l'entresol, se tient sur la pelouse une torche à la main, en robe violette, les cheveux relevés, une cape de fourrure sur les épaules. La neige y dépose des paillettes d'argent qui scintillent dans le noir. Vues du balcon, ses chaussures semblent émerger directement de la fourrure.

— Tu es l'exception de ma vie, dit-il. Je me sentais bien avec toi mais je savais que ça ne pourrait pas durer éternellement.

J'hésite.

— Est-ce qu'il y a un rapport avec le fait que vous portez le même prénom ? Flóki, ce n'est pas courant.

— Non, Flóki, ce n'est pas un prénom courant.

AU BAS DE LA RUE

IL Y A

UN TERRAIN VAGUE qui s'étend jusqu'à la grève
balayée par l'océan noir et boursouflé. Je tourne
les talons, ma coupe de champagne à la main,
j'ouvre la porte d'entrée et je sors dans la nuit verglacée, traversant au pas de course la rue tout
enfumée par les explosions de pétards. Jamais
autant de soleils ne se sont épanouis sous la sombre
voûte céleste. Je survole du regard nos voisins ras-
semblés autour d'un feu de joie, en surplomb du
rivage. Perla se trouve parmi eux ; un peu à l'écart,
elle se distingue des autres. Le bas de sa robe longue
dépasse d'un manteau rouge. Plus intéressés par la
naine que par le brasier, les enfants se pressent
autour d'elle. J'ai les bras nus dans ma robe de soie
sans manches. Le jeune homme qui loue une pièce
à l'entresol de la maison derrière les groseilliers, et
qui par deux fois nous a aidés à retrouver la chatte,
semble m'avoir remarquée – et il n'est pas le seul. Le
verre à la main, me frayant un chemin en zigzag au
milieu des manteaux laineux, des doudounes et

des bonnets velus, je me faufile vers les flammes, au plus dense de la foule, si près du brasier que j'en éprouve la brûlure sur mon visage, de la fumée âcre plein les yeux. Je déambule en escarpins sur la glace et me fiche de ressentir comme des bris de verre sous la plante de mes pieds.

Mon mari a suivi mes empreintes ; il émerge de l'obscurité enfumée en bras de chemise. Je sens son souffle sur mon oreille, plus rapide que d'habitude. Il dépose mon manteau sur mes épaules. Il est clair qu'on nous observe.

— Viens, dit-il, tu vas prendre froid.

— Je ne savais pas que c'était la dernière fois.

— Quelle dernière fois ?

— Que nous avons couché ensemble. Je ne savais pas qu'hier serait notre dernière nuit. J'aurais aimé le savoir, que c'était la dernière fois.

— D'accord, dit-il alors, rentrons.

Il marche devant moi à pas rapides et s'engouffre bientôt par la porte restée ouverte. Je le suis dans l'escalier et jusqu'à la chambre. Il fait tomber la guillotine blanche du store sur le rebord laqué de la fenêtre. Il a déjà commencé à se déshabiller au moment où j'entre.

— Je ne te garantis rien. On m'attend, je n'ai pas beaucoup de temps.

Il ne dit pas : Nous mourrons ensemble au moment où l'univers explosera.

Après, il reste un petit moment allongé, immobile, comme s'il retenait son souffle sur le drap froissé, les lèvres contre mes omoplates. Puis il inspire profondément et je sens son souffle chaud dans mon cou ; peut-être s'est-il endormi, peut-être est-il trop fatigué pour me quitter vraiment et sortir du placard, comme on dit chez nous des gens qui font leur *coming out*. Il ramène brusquement ses mains vers lui, se tourne sur le dos et observe le plafond. Puis il s'assied et enfile son pantalon sans un regard vers moi.

— C'était donc la dernière fois, dit-il. Maintenant tu le sais.

Dans l'embrasure de la porte de notre chambre où il se tient à contre-jour, je remarque qu'il a remplacé sa chemise blanche par une violette. Je repêche la couette tombée au sol et me la remonte jusqu'au menton.

— Depuis quand est-ce que tu t'intéresses aux hommes ?

— Avant de te connaître, j'étais plus porté sur les hommes. Mais quand même disposé à essayer avec une femme. La première fois, c'est un seuil à franchir ; après on sait où l'on va. Mais je n'avais pas prévu de tomber amoureux.

— Tu voulais avoir des enfants.

— Oui, dit-il. Pour mourir sans regret, j'avais envie d'être père.

Il attache le dernier bouton de sa chemise et se passe la main dans les cheveux.

— Pardonne-moi de n'avoir pas réussi à t'aimer jusqu'au bout, dit-il. Je vais m'installer chez Flóki.

Peu après, j'entends la porte d'entrée claquer derrière lui.

IL EST
TROIS HEURES
ET UN CALME PLAT
S'EST INSTALLÉ sur l'île, comme après le passage d'une forte dépression atmosphérique. À quatre heures, le petit me rejoint dans le lit, avec son lion en peluche et sa sœur dans son sillage. J'entends du remue-ménage à l'entresol. Perla n'est pas couchée. J'étale l'édredon sur les enfants endormis avant d'enfiler un gros pull-over sur ma robe verte. Puis je vais chercher au frigo la bouteille de champagne entamée ainsi que le saladier de tiramisu et j'ouvre la porte sur la nuit bleue. Dehors règne un silence inquiétant ; pas âme qui vive dans la rue submergée de brume. Après les explosions ininterrompues des dernières heures, le feu de joie s'est éteint. Tout le monde se repose maintenant. Je cherche des yeux la jeune chatte de la maison tout en descendant les marches glissantes qui mènent à l'entresol. Comme je m'en doutais, il y a de la lumière chez notre voisine. On peut lire à sa porte, gravé sur une plaque dorée :

Perla D. Sigridardóttir
Psychanalyste
Conseillère familiale et conjugale

Juste en-dessous a récemment été ajouté le mot *écrivain*, griffonné sur un bout de papier en petites lettres au stylo à bille rouge.

Notre voisine de l'entresol a brusquement fait son apparition il y a deux ans, après un long séjour à l'étranger. Un soir, alors que nous nous apprêtions à sortir, nous vîmes par la fenêtre de son logement une personne d'un peu plus d'un mètre de haut juchée sur un escabeau en alu, occupée à laquer de rose les placards de sa cuisine. Bien que l'existence de la naine nous soit perceptible au quotidien d'une façon ou d'une autre, un certain mystère entoure sa situation, en particulier ses nombreuses années passées à l'étranger. Perla assure en tout cas qu'elle n'a jamais fait partie d'une troupe de cirque. Elle travaille à domicile et partage ses vingt-quatre heures entre le conseil conjugal le jour et l'écriture la nuit, n'ayant besoin que de très peu de sommeil. Bien qu'elle fasse allusion à sa clientèle, nous n'observons jamais d'allées et venues aux abords de l'entresol ; à l'entendre, elle se serait spécialisée dans le conseil conjugal en ligne.

— C'est bien plus facile pour tous ceux qui ne tiendraient pas le coup assis une heure entière dans la même pièce que leur conjoint, dit-elle.

Comme nous n'avons nulle part vu son nom associé à quelque ouvrage publié, Flóki et moi nous sommes demandé à quelle sorte d'écriture notre voisine pouvait bien se livrer. Nous l'avons interrogée une fois à ce sujet et elle nous a expliqué comment elle partageait ses nuits : une partie consacrée à la rédaction d'ouvrages théoriques, l'autre aux œuvres de fiction. Nous n'avons trouvé aucun de ses livres en librairie pour la simple raison qu'elle écrit pour le compte d'un célèbre auteur de romans policiers. Tenue d'observer la plus stricte confidentialité, elle ne pouvait évidemment nous en dire plus.

Je sonne à la porte.

La conseillère conjugale m'ouvre, vêtue d'un peignoir à motif de dragons, ses épais cheveux blonds relevés en un gros rouleau sur le sommet du crâne.

— J'ai entendu un bouchon sauter en début de soirée, me déclare-t-elle d'emblée, et je m'étonnais de n'avoir pas été invitée à venir trinquer comme l'an passé.

Je la suis dans la cuisine avec la bouteille et le saladier. Il est rare que je descende chez notre voisine, mais elle monte en revanche volontiers nous emprunter quelque chose ; aujourd'hui même, une ampoule de quarante watts et du fil rouge pour recoudre un bouton à son manteau.

Avant-hier, un tournevis et, un peu plus tard, des vis. Lorsqu'elle s'est présentée la troisième fois pour réclamer la perceuse, Flóki est descendu et a fixé pour elle une étagère destinée à ses livres sur l'interprétation des rêves.

Bien que notre voisine ait à plusieurs reprises déclaré n'apprécier que modérément les enfants, elle a deux ou trois fois gardé les nôtres au pied levé, quand la baby-sitter nous faisait faux bond. Avant de quitter la maison, nous nous arrangeons pour que les petits soient déjà en pyjama et de préférence endormis. En laissant sur la table une assiette, de quoi manger, une bouteille de vin rouge et un tire-bouchon. Notre voisine apporte son propre DVD, un film d'horreur à visionner pour son travail. La dernière fois Flóki avait dû la raccompagner dans l'escalier, elle prétendait avoir peur du noir, mais la vraie raison était qu'elle avait sifflé toute la bouteille.

— J'ai commis tant de crimes sur mon ordinateur, dit-elle, que c'est à peine si j'ose encore sortir la nuit.

Je pose donc le saladier de tiramisu sur la table de la cuisine tandis que Perla va chercher des assiettes et des verres. Elle se sert une bonne portion de dessert, quant à moi, je n'ai plus d'appétit. Un coup d'œil alentour suffit à m'assurer qu'on ne cuisine pas beaucoup à l'entresol ; Perla nous a d'ailleurs avoué que ses compétences en art culinaire se limitaient à fricasser des œufs au bacon.

— J'ai bien vu que tu étais bouleversée, ce soir, dit-elle. En robe décolletée, les épaules nues, et avec des escarpins à talons de dix centimètres dans les congères. Je n'ai pas pu éviter non plus de voir Flóki sortir il y a trois quarts d'heure quand une jeep noire est venue le chercher.

Sans même m'en rendre compte, je me mets à raconter à la conseillère conjugale comment l'homme avec qui je suis mariée depuis onze ans m'a quittée pour un homme.

— Il dit qu'il est amoureux.

Perla déguste son tiramisu, tandis que je poursuis.

— Comment cela a-t-il pu arriver, c'est incompréhensible, j'étais heureuse en ménage, mère de deux enfants, Flóki était mon meilleur ami, tout le temps à me dire des mots gentils, je pouvais lui parler d'aide humanitaire, il faisait la cuisine et lavait la vaisselle, il arpentait la chambre avec les petits dans les bras, la nuit, quand ils faisaient leurs dents, il leur donnait le bain et les mettait en pyjama, il jouait avec eux, il a pleuré à leur naissance, il se rappelait toutes nos dates d'anniversaires, il est sorti dimanche matin avec les jumeaux pour que je puisse dormir, et au retour il est passé par la boulangerie pour m'acheter un petit pain aux graines de cumin, il m'a offert dix roses rouges avant-hier, non, je n'avais aucun soupçon, c'est le plus bel homme que je connaisse, les autres font pâle figure en comparaison, ils peuvent certes être de bons pères, mais sûrement pas de si bons amants ; non, je n'aimerai jamais plus.

J'enfouis mon visage dans mes mains.

— Sans m'être moi-même rendue sur les lieux du crime, s'autorise Perla, pas mal d'autres indices concouraient à vous désigner comme un ménage modèle. Vous sembliez être un couple très uni, peut-être le plus beau de la rue. En tout cas du côté des numéros impairs.

— Flóki était un père formidable.

— Et il continuera de l'être, espérons-le.

— Nous ne nous disputions jamais.

— C'est vrai, je n'ai jamais perçu de conflit de l'autre côté du mur.

Elle boit une gorgée avant d'ajouter :

— Même pour une spécialiste en unions à risques, il était impossible de déceler dans l'air le moindre signe inquiétant. De toute évidence la passion flambait avec ardeur à l'étage.

Elle remplit à nouveau son verre.

— Sauf s'il s'agit d'une consultation évidemment… Auquel cas je ne bois pas.

— Ils ont le même prénom, dis-je.

— Oui, difficile de comprendre à quoi ça rime.

— Son ami – l'autre Flóki – a dîné avec nous ce soir.

En y repensant, mon mari n'avait pas beaucoup d'appétit, contrairement à notre invité. Et puis celui-ci a dû brusquement partir et j'ai eu l'idée d'appeler Perla pour profiter de sa part de dessert, mais je ne me souviens plus si je l'ai formulé ou non. Il me semble que je n'avais pas encore goûté au champagne quand mon mari m'a annoncé qu'il devait être conséquent avec lui-même. Y avais-je goûté ou pas ? Est-il plausible que j'aie bu du champagne pendant que mon univers se disloquait, que nos onze années de mariage soudain pulvérisées sous la voûte céleste se dispersaient dans l'espace – vision d'un instant et puis adieu ? Est-il vraisemblable que je me sois tenue près du sapin décoré, en robe échancrée, à siroter du champagne pendant que le ciel s'embrasait, que des éclairs jaillissaient du brasier à cent mètres de là, dans la ligne de mire de la fenêtre du salon, comme en plein cataclysme ou en pleine guerre civile ? Maintenant, avec le recul, j'ai l'impression que les Flóki étaient tous les deux dans le salon quand nous nous sommes souhaité la bonne année avant de trinquer au champagne sous les étoiles filantes.

Perla se ressert du tiramisu pour la troisième fois. Je remarque que la fenêtre de sa cuisine est ornée d'une guirlande de Noël à ampoules rouges.

— Si c'était une femme, je pourrais me battre pour le garder, dis-je en conclusion.

Je décline l'offre d'un supplément de champagne, tandis que Perla remplit son verre et replace la barrette de ses cheveux.

— Oui, mais reste le problème de l'inclination sexuelle, qui est d'une autre nature. C'est un de ces cas de figure où ce que tu as pu faire ou pas n'a aucune importance.

Les yeux clos, il me semble entendre un faible miaulement dans la nuit.

— En revanche, poursuit-elle, je ne ferais pas honneur à ma profession si je disais que le penchant sexuel de Flóki me prend tout à fait au dépourvu.

— Que veux-tu dire ?

— Puisque tu insistes, c'est vrai qu'un jour en regardant par la fenêtre de la cuisine, j'ai aperçu Flóki et son collègue en train de bavarder dans l'allée. Je ne me rappelle pas ce qu'ils disaient, du reste la fenêtre était fermée, mais ce qui m'a frappée c'est que tout en discutant le collègue de ton mari lui arrangeait le col de sa veste. C'est d'ailleurs la première question que je pose à un patient lorsque s'éveille en lui le soupçon d'une infidélité : quelqu'un aurait-il récemment épousseté l'épaule de votre conjoint ? Voilà le signe infaillible qu'une autre personne a commencé à s'occuper de lui. On ne tripote pas le col de son collègue dans la rue sans qu'il y ait anguille sous roche.

La tête me tourne et les placards roses de la cuisine font des vagues.

— Et puis il y a la voiture, poursuit Perla.

— Quelle voiture ?

Elle m'avoue avoir remarqué ces dernières semaines une jeep foncée roulant au ralenti, soir et matin, devant la maison. Elle parierait volontiers qu'il s'agit de la même voiture que celle qui est venue chercher Flóki cette nuit.

— Quand on évolue dans le monde du polar, on développe une faculté d'attention très spéciale aux comportements récurrents. C'est incroyable le nombre de gens qui espionnent leur prochain à leur insu. Ils veulent savoir où on habite, ce qu'on lit, comment on fait la vaisselle.

Perla vide le fond de la bouteille dans son verre.

— Nous sommes mariés depuis onze ans, lui dis-je. Flóki était l'homme de ma vie.

— Oui, onze ans, c'est un bail. Un mariage réussi ne dure pas forcément jusqu'à la tombe. La durée n'est d'ailleurs pas un critère de qualité. Une union plus courte peut donner lieu à de très beaux souvenirs, comme un feu d'artifice ou un jaillissement d'étincelles.

Elle s'est levée.

Je la suis des yeux tandis qu'elle ouvre le robinet,

déplace le marche-pied et y grimpe, un verre à la main, pour arroser une plante sur l'appui de fenêtre. La faible tige verte à laquelle elle prodigue ses soins dépasse à peine de son pot.

— C'est de la menthe, dit-elle. Il y a deux feuilles sur la tige et deux autres sur le point de sortir. La plante pousse mieux depuis que j'ai installé la guirlande lumineuse ; c'est le seul moyen de s'adonner à la culture potagère au pays des nuits obscures. La prochaine fois, je t'inviterai à boire un thé à la menthe.

Elle m'explique qu'il y a deux réglages possibles pour la guirlande : continu ou clignotant.

De cette façon, elle est allumée.

Et là, elle clignote.

— Quand elle clignote, ça veut dire que je suis en réunion de travail avec mon auteur de romans policiers.

J'ai des flocons noirs devant les yeux, un bourdonnement dans les oreilles et il ne me paraît pas impensable que je sois en train de tomber dans les pommes. Et si les enfants se réveillaient ? La petite pourrait avoir l'idée de mettre ses bottes et de courir dans la neige pour chercher sa mère, et puis rester là en pyjama sous la lune glaciale.

Je me lève à mon tour.

— Est-ce que ça vaut la peine de consulter un conseiller conjugal, je veux dire ensemble ?

— Il me semble que Flóki a déjà pris sa décision. Elle hésite.

— Crois-en mon expérience, quand un couple va voir un conseiller, c'est que l'un des deux a déjà décidé de divorcer. Ça n'est qu'un simulacre destiné à apaiser la mauvaise conscience de celui qui s'en va. Lequel ne prend même pas la peine d'éteindre son portable pendant la séance.

Je dis à Perla de garder le saladier.

— D'accord, il est peu probable que l'appétit te revienne au cours des prochains jours. Ce serait dommage de laisser le tiramisu se perdre, dit-elle en ouvrant un frigo qui paraît bien vide.

Perla me fait passer par la buanderie commune pour remonter et elle m'emboîte le pas. Elle en a sa claque des romans policiers. Elle envisage de voler de ses propres ailes, de publier enfin sous son nom après bientôt une décennie à faire le nègre pour un autre.

— Sans même avoir à faire mourir des gens, c'est déjà bien assez dangereux d'écrire.

D'ailleurs elle vient de s'y mettre. Ce qui l'oblige une fois de plus à partager son temps et donc à réserver un huitième des vingt-quatre heures à ce nouveau projet, sans compter qu'elle a déjà plus d'une œuvre littéraire en chantier. Elle se rend bien compte que cela peut paraître étrange, mais le troisième chapitre de son roman rappelle de manière troublante ce que sa voisine est en train de vivre. En outre, un heureux hasard veut qu'elle soit également plongée dans la rédaction d'un manuel sur le mariage dont elle pense qu'il attirera l'attention par son traitement inhabituellement hardi du sujet.

Il m'est impossible de lui souhaiter une bonne nuit sans l'interroger sur ce qui me préoccupe.

— Qu'est-ce que cela révèle sur moi, le fait que je n'aie rien remarqué ?

— Rien.

Perla ramasse deux pinces à linge tombées par terre.

— Qu'est-ce que révèle sur moi, en tant que femme, le fait que je n'aie pas su voir que mon mari était homo ?

— Rien.

Les cordes sont chargées de linge. Voilà deux jours que je l'ai sorti de la machine, ce serait une bonne occasion de le remonter, mais je ne le fais pas. Perla s'adosse à la machine à laver et lève les yeux sur ma lessive.

— Sans réelle vue d'ensemble sur ce qui se passe dans l'intimité calfeutrée d'une chambre à coucher, un écrivain peut conjecturer, au vu de divers signes extérieurs, comme des sous-vêtements de luxe en soie aux couleurs chatoyantes, que la vie conjugale à l'étage supérieur n'était pas totalement dépourvue de fantaisie.

JE REFUSE
DE ME TORTURER
EN PENSANT à mon mari qui dort dans un appartement d'une rue voisine, au creux des bras de son amant, je me contente de rester allongée, tel un gisant dans un silence de mort, les yeux ouverts, seulement appliquée à inspirer et expirer. Je tends l'oreille au cas où j'entendrais la chatte tout en essayant de me rappeler si j'ai bien verrouillé la porte d'entrée. Cela fait six heures que mon mari a ouvert la bouteille de champagne et m'a annoncé qu'il me quittait pour un homme, et ses empreintes digitales sont encore sur tout mon corps. Ma main cherche le téléphone à tâtons dans le noir.

J'écris un SMS : « Reviens à la maison. »

Mon mari ne dort pas et la réponse arrive sur-le-champ.

« J'étais malheureux, pardon. »

Tandis que j'attends qu'il m'appelle pour me dire qu'il a fait une épouvantable erreur, que toute cette histoire n'a été qu'un malentendu, je me repasse à toute vitesse le fil des événements.

Comme notre invité était son ami, je me suis proposé de monter avec les enfants pour les mettre au lit, mais l'homme de ma vie a voulu m'accompagner.

— Reste tranquille, lui ai-je dit. Je m'en occupe.

— Je viens avec toi.

Les jumeaux sont fatigués après cette soirée. La petite a posé la tête sur l'épaule de son papa et moi, je prends son frère.

Notre fille porte une robe de velours et un serre-tête sur ses boucles brunes. L'air d'une poupée de collection en porcelaine, elle fait plus âgée que ses deux ans et demi. Son frère jumeau est en costume de marin.

Nous allons coucher les enfants, les mettre en pyjama, leur brosser les dents : debout sur des tabourets, ils ouvrent la bouche juste à hauteur du lavabo. Elle crache la première, puis son frère, mais la mousse blanche ne franchit pas le bord du lavabo et atterrit sur le pyjama. Mon fils est contrarié comme s'il avait commis une faute, je me penche pour le consoler :

— Ça ne fait rien, mon chou !

Et je regarde mon mari dans la glace. Mon rouge à lèvres est éclatant et ma robe très décolletée. Il me paraît tendu et nerveux. J'attends de croiser son regard pour lui sourire, mais il m'évite. Il se concentre sur le brossage des dents de sa fille. Nous mettons les enfants au lit et je dis à mon époux :

— Descends rejoindre Flóki, je m'en occupe. Pendant ce temps-là, vous, les garçons, pourrez causer ensemble des désordres du monde physique.

Il me regarde d'un air reconnaissant et s'en retourne discuter avec l'autre génie des mathématiques.

Le petit s'endort aussitôt mais sa sœur veut que je lise le livre sur l'ourson polaire qui s'est trouvé séparé de sa mère.

Lorsque je redescends au salon, mon mari et l'ami de la famille se tiennent côte à côte près du sapin de Noël, un verre à la main.

Flóki et Flóki.

Comme les jumeaux ont eu le droit de décorer l'arbre, la plupart des décorations sont accrochées aux branches les plus basses. Certaines d'entre elles ont été fabriquées au jardin d'enfants : la petite est ainsi revenue à la maison avec un ange vert et son frère avec une étoile qu'il avait en partie découpée lui-même. Notre invité portait une chemise moirée et, quand j'y repense, il me semble le voir lâcher hâtivement le bras de mon mari à l'instant où je réapparais, mais je n'en suis pas sûre ; tous deux, en tout cas, se sont tus. Mon mari avait l'air désorienté mais heureux. Je m'arrête près de lui, il pose le bras sur mes épaules, tourné vers son camarade ; nous regardons tous les deux le Flóki à chemise moirée en face de nous. Lequel considère la main de mon conjoint posée sur mon épaule sans le quitter des yeux quand il me caresse le creux de la nuque. Il nous contemple, à tour de rôle, et je sais que nous formons un beau couple. À la fin, c'est uniquement mon mari qu'il regarde, l'air interrogateur. Tout d'un coup, juste après, il se souvient qu'il a promis de passer la fin de la soirée avec sa mère. Il doit se sauver. Je lui propose de goûter d'abord au tiramisu avec nous, mais c'est comme s'il ne se sentait plus dans son assiette. Au lieu d'accompagner son collègue à la porte, mon mari va à la cuisine chercher le champagne dans le réfrigérateur. Je lui ai même demandé, un peu après, s'il y avait eu un désaccord entre eux.

— On peut dire ça, a-t-il répondu.

J'ai tout aussi bien pu lui demander :

— Étiez-vous en train d'évoquer la fin des temps, le dernier soir de l'année ?

— Sans doute…, mon spécialiste de la théorie du chaos aura-t-il répondu. Mais notre conversation portait aussi sur la cosmogonie des ciels de lit.

LE PREMIER BRUIT
DU MATIN,
LONGTEMPS AVANT
LE CHANT DES OISEAUX, est celui de deux petits
pieds nus qui courent sur le plancher, d'une
chambre à l'autre, suivis de deux autres dans leur
sillage, jusqu'à ce que petit frère et petite sœur se
tiennent en pyjama à mon chevet. Mon fils grimpe
le premier dans mon lit avec son lion en peluche. À
deux ans et demi, il suce encore sa tétine et vient
parfois me rejoindre la nuit ; serait-il en passe de
devenir trop dépendant de moi ? Sa sœur le suit
pas à pas, elle tient le livre que je lui ai lu la veille au
soir, sur l'ourson polaire séparé de sa mère, et elle
veut en tourner les pages elle-même.

Je n'ai pas dormi de la nuit. Les jumeaux ne font
aucun commentaire sur le fait qu'une moitié du
lit est vide et froide. Ma fille a ouvert le livre au
milieu. Elle et son frère sont groggy de s'être
couchés si tard ; au bout d'un moment leur souffle
ralentit. Je ferme les yeux et me laisse couler entre
leurs petits corps chauds rendormis à mes côtés

sous la couette. La fatigue m'écrase comme si la dorsale atlantique tout entière s'allongeait sur moi.

À mon réveil, la matinée est bien avancée mais il fait encore sombre. Il me faut quelque temps pour me rappeler que le monde a basculé, qu'il n'y a plus de terre ferme sous mes pieds.

Le silence s'étend encore sur la ville.

— Papa pas dodo, papa travailler, dit ma fille en s'éclipsant hors de la chambre pour revenir aussitôt avec un puzzle qu'elle renverse sur l'édredon.

— Papa travailler, lui fait écho son frère.

Impossible de savoir s'il s'agit d'une question ou d'une affirmation.

Mon fils a quatorze minutes de moins que sa jumelle ; ils s'amusent le plus souvent ensemble mais nous nous sommes parfois inquiétés qu'il la laisse presque toujours mener le jeu. C'est elle qui prend l'initiative pour tout ; elle s'exprime la première, disposant d'un vocabulaire plus varié, et se montre plus indépendante. Son frère, en revanche, est d'un tempérament sensible. Il hésite à prendre des décisions et se sent souvent tout petit. Il semble s'accommoder du fait que sa sœur impose les règles du jeu et il devient vite agité et fatigant quand il en est séparé une partie de la journée.

— Papa va venir bientôt, dis-je en jetant un coup d'œil au portable pour voir si je n'ai pas reçu de message où il serait question de repentir et de désir.

Ma fille qui a vite fait de repérer les motifs du puzzle assemble en un clin d'œil les vingt morceaux de dalmatien. Il se pourrait bien qu'elle ait hérité de l'intelligence mathématique de son père. Mon fils, médusé, en est encore à chercher où placer la queue du chien quand elle lui prend des mains la dernière pièce et achève le puzzle.

— J'ai gagné! dit-elle en jaugeant son frère.

Me voici dans le rôle d'une mère de jumeaux de deux ans et demi et je ne peux ignorer qu'ils sont en train de me parler, qu'ils essaient d'attirer mon attention, je vois leurs bouches s'ouvrir et se fermer dans l'écho de voix claires et enfantines, mais un épais rideau est tombé entre le monde et moi.

— Hein, maman, hein?

— Hein, maman, hein?

Je hoche la tête. Mes enfants s'efforcent de soumettre je ne sais quoi à mon attention.

— On va descendre prendre le petit déjeuner, dis-je.

Petit frère et petite sœur en pyjama m'emboîtent le pas jusqu'à la cuisine.

— Après, on pourra aller à l'aire de jeux et vous aiderez maman à enlever la neige des marches.

Je ne leur dis pas que c'est pour faciliter le retour de leur papa. En tout état de cause, ce ne sont pas quelques marches enneigées qui empêcheraient mon mari de revenir sain et sauf à sa femme et à ses enfants.

Tous deux grimpent sur leur chaise et me regardent couper une pomme en morceaux, jeter des raisins secs dans la casserole. Le porridge servi dans leur assiette, je leur tends une cuiller. Ils mangent en silence pendant que je prépare le café. L'amant de mon mari ne serait-il pas, au même instant, en train de lui presser une orange et de lui préparer un café au lait avec de la mousse en forme de cœur – mon mari pense-t-il à moi en prenant son petit déjeuner ? Il a eu douze heures pour réfléchir sur la conduite à tenir, peut-être commence-t-il déjà à me regretter.

— Bon porridge ! dit mon fils, puis la fatigue le gagne et sa cuiller s'abaisse lentement.

J'apporte quelques feuilles blanches et la boîte de feutres : frère et sœur se mettent aussitôt au travail. Pendant que mon fils dessine page après page des feux d'artifice du nouvel an, ma fille trace une figure humaine : la tête, le tronc et de longs membres qui font penser à une sauterelle et puis de longs cheveux noirs qui occupent la plus grande partie de l'image.

— Maman belle, dit-elle en montrant son dessin.

Puis elle prend une autre feuille et dessine la même image. Après quoi c'est de la peinture qu'ils veulent faire. Je leur mets un tablier et ramène les pinceaux et deux bocaux remplis d'eau que je pose sur la table. C'est ma fille qui se lasse la première et cherche à inventer quelque chose de nouveau tandis que son jumeau tente de la suivre.

Flóki et moi, nous nous relayions parfois pour occuper séparément les enfants. Quand je suis seule avec mon fils, deux cubes suffisent à le distraire. Pour sa sœur, en revanche, il ne faut pas moins de toute une ferme remplie d'animaux, une grange, une étable, de la main-d'œuvre et des liaisons routières – tout un bonheur champêtre en plastique jaune dans la moitié du salon.

On frappe
avec une clef

à la porte de l'entresol qui donne sur la buanderie. Perla m'explique qu'elle a eu la flemme
d'enlever sa robe de chambre car elle est en train
d'écrire. Elle demande si je suis assez bien lotie en
lard fumé pour lui en céder, à défaut de trouver un
magasin ouvert pendant les fêtes. Par la même
occasion, elle voulait s'enquérir de mon état.

Elle se hisse sur un tabouret près de la table de
cuisine.

— À vrai dire, j'ai passé la nuit à raturer au fur
et à mesure ce que j'écrivais.

Je remarque qu'elle tient en main un carnet noir
et un stylo.

— Un écrivain est tout le temps en train d'écrire,
même avant qu'il s'y mette effectivement, dit-elle
en posant le carnet sur la table.

Elle trouve que j'ai les yeux gonflés comme si
j'avais pleuré, mais que ça me va bien.

— D'aucuns diraient que le chagrin rehausse ta
beauté, qu'il te donne l'allure d'un personnage de

roman.

Je casse les œufs dans la poêle et je sors le paquet de bacon du réfrigérateur. Puis j'avoue à ma voisine combien mon mari me manque et à quel point il m'est impossible d'envisager la vie jusqu'au bout sans lui.

— Je connais d'expérience le sentiment d'être rejetée et je veux que tu saches à quel point je te comprends.

— Ai-je été aveugle ? Ai-je été trop crédule ?

— Ce sont deux questions. Je ne dirais pas que tu as été trop crédule, mais plutôt que tu as un bon fond et que tu fais confiance aux gens. Pas étonnant que tu travailles dans l'aide humanitaire.

— Je ne soupçonnais rien.

Je suis là, avec ma poêle à frire devant la cuisinière, tournant le dos à mon interlocutrice.

— Il est des choses qui se passent sans qu'on le voie.

Je repêche les œufs au bacon que je dépose dans l'assiette de ma voisine. Ses cheveux sont retenus par un serre-tête rouge.

— As-tu rencontré un cas similaire ? Je veux dire, récemment ?

— Bien que je sois tenue à la confidentialité, je peux tout de même affirmer que la réalité dépasse de très loin l'idée qu'on s'en fait. Les gens ont une vie privée plus flamboyante que leurs voisins et amis ne l'imaginent.

Perla oriente la conversation vers le roman qu'elle est en train d'écrire et évoque des coïncidences singulières. Guère attentive, je m'évertue à me remémorer les événements de la nuit. Il me semble à présent que Flóki m'a souhaité la bonne année et m'a embrassée avant de m'annoncer qu'il lui fallait être conséquent avec lui-même. M'a-t-il embrassée ou pas ? Est-il vraisemblable que mon mari m'ait embrassé en me souhaitant la bonne année, qu'il ait envoyé le bouchon de champagne dans l'espace, le mettant sur orbite autour de la Terre, et qu'il m'ait dit qu'il me quittait juste avant de remplir les verres ? Ou bien a-t-il libéré le bouchon et s'apprêtait-il à le faire sauter dans le froid corrosif de la nuit quand il s'est tourné vers moi :

— Ne le prends pas en mauvaise part, mais je dois être conséquent avec moi-même.

J'aspire alors une gorgée du breuvage rose et mousseux.

— Pardon, ajoute-t-il, mais je l'aime.

Puis il éprouve le besoin de se mettre à l'écart un instant et je l'entends se moucher.

Il est bien normal que je rumine tout cela afin d'établir si mon mari s'est montré impitoyable en choisissant le dernier soir de l'année pour me quitter. Le plein été aurait-il été plus opportun, disons par une nuit chaude et sereine aux alentours de la Saint-Jean ? Je nous vois tous les deux sur la lande, à trois heures du matin, contemplant l'infini lorsqu'il rompt le silence :

— Écoute, María, est-ce que je peux te dire un mot ?

Le temps qu'il fait est-il déterminant ? La pluie est-elle préférable ou faut-il attendre une embellie ? Cela peut-il se passer le jour le plus chaud qu'on ait connu au mois d'août de mémoire d'homme ? Et si l'un des jumeaux a une otite ? Le jour des noces d'or de ses beaux-parents est-il vraiment adéquat pour qu'un mari se déclare homosexuel ? Peut-il l'annoncer en posant sur le gril le premier saumon pêché de l'été ? Est-il convenable de choisir le moment où elle sort toute nue de la douche ou bien doit-elle être habillée, celle qui va entendre la vérité ? Vaut-il mieux qu'elle vienne de se réveiller et soit encore au lit, un mardi aurait-il été préférable à un jeudi soir, bref y a-t-il un moment meilleur qu'un autre pour entendre son mari lui annoncer qu'il aime quelqu'un d'autre ?

— Il prétend qu'il avait l'intention de me l'avouer depuis longtemps, mais les enfants sont nés et ça a changé la donne, du moins temporairement.

Ma voisine dispose du fromage sur deux toasts et en pose un dans mon assiette.

— Il y a des tas de gens qui passent leur vie à se demander quel sera le bon moment pour l'heure de vérité. Certains n'arrivent jamais à une conclusion. C'est comme dans la création romanesque, on est constamment confronté à la question de savoir quand ralentir le cours du récit et quand l'accélérer.

Elle sauce avec un morceau de pain les restes de jaune d'œuf dans son assiette tandis que je remplis à nouveau sa tasse.

— La différence entre la vie et la fiction, c'est que dans la vie, il est souvent difficile d'assigner avec précision un point de départ à quoi que ce soit.

Midi approche et la nuit polaire commence enfin à s'éclaircir en ce premier jour de l'année nouvelle. On devine presque la mer.

— Il n'avait jamais l'esprit ailleurs ? poursuit-elle.

Je réfléchis.

— Si, ça lui arrivait.

— Est-ce qu'il allait s'isoler avec son téléphone portable ? Refermait-il son ordinateur ou s'empressait-il de l'éteindre à ton approche ?

— Je n'ai pas remarqué.

— Certains de mes patients ont eu la sensation que leur conjoint était déjà parti alors qu'il vivait encore à la maison. Ou qu'il était mort alors qu'il ne l'était pas. Tu n'as jamais eu cette impression ?

— Non, jamais.

— Avais-tu prévu que sa tombe soit voisine de la tienne ?

— Je n'y avais pas vraiment encore pensé. Les enfants n'ont que deux ans et demi.

— T'es-tu déjà demandé : si je devenais paraplégique, est-ce qu'il prendrait soin de moi ?

— Non, je ne me suis pas posé cette question.

— T'es-tu réveillée un jour avec un pressentiment que tu as refoulé ?

— Pas qu'il m'en souvienne.

Il y a tout de même un incident qui me revient. Je marchais en ville, il y a un an à peine, le soleil était encore bas sur l'horizon quand j'ai aperçu deux hommes en veste de cuir attablés à une terrasse de café, un peu à part, assis très près l'un de l'autre. Mais je n'ai pas vu aussitôt que c'était mon mari. Ce n'est qu'au moment de les dépasser, en frôlant pour ainsi dire leur table, que je l'ai reconnu. Flóki avait l'air timidement heureux et je me souviens que, d'une certaine façon, il m'a fait l'effet d'être différent – ce qui m'a un instant déconcertée. Dès qu'il m'a vue, il s'est penché vers son compagnon en lui parlant à mi-voix. L'autre m'a lancé un rapide coup d'œil avant de considérer mon mari ; celui-ci lui a dit au revoir précipitamment et s'est levé pour me rejoindre. Je l'ai trouvé étrangement mal assuré quand il m'a embrassée.

Il n'a pas jugé bon de me présenter à son camarade et je n'y ai plus pensé parce que nous nous étions toujours fait confiance, comme il va de soi entre deux individus qui ont décidé de passer leur vie ensemble.

— Non, je ne vois rien, dis-je.

L'écrivaine finit sa tasse de café, essuie ses lèvres sur la serviette de Noël à motif de rennes et se laisse glisser du tabouret de cuisine.

Les enfants, encore en pyjama, s'agitent et veulent sortir dans la neige. Ils font des concours de buée sur la vitre de la porte d'entrée. On entrevoit des petites mains poisseuses qui se superposent et s'impriment sur le verre, cinq fois cinq petits doigts.

J'accompagne ma voisine vers le palier. Elle s'arrête en chemin devant le miroir de l'entrée.

J'ai encore une question sur le cœur.

— Y a-t-il une chance qu'il revienne ?

Elle prend tout son temps pour arranger deux pinces à cheveux, de manière à ce que son serre-tête tienne mieux, avant de répondre à la question.

— N'ayant pas eu les deux parties en consultation, je ne peux me prononcer sur la durabilité du penchant sexuel de Flóki. Il ne faut pas exclure une bisexualité. J'ai écrit un jour un article sur l'instabilité de la préférence sexuelle dans une revue étrangère que je pourrais essayer de retrouver.

Elle hésite.

— L'expérience m'a appris que la conduite humaine est aléatoire, capricieuse et imprévisible. Pour déterminer avec certitude les réactions des hommes, il faudrait prendre en considération tous les paramètres, ce qui est impossible. Le résultat s'élèverait au carré jusqu'à l'infini.

— Cela vaut-il la peine que je tente de le raisonner ?

— Je crains que les mots ne te soient pas d'un grand secours. D'expérience, les gens ne comprennent pas tous les mots de la même manière. Un des exemples que je reprends pour mettre en évidence l'aspect imprévisible des sentiments humains est qu'il peut suffire d'une conduite d'eau chaude qui éclate dans un immeuble pour que deux couples qui habitent sur le même palier décident de divorcer.

Nous profitons
de l'occasion
lorsqu'enfin se dessine
dans le ciel une strie orange – rayon de soleil
horizontal qui fait une percée dans le jardin, juste
au-dessus des groseilliers – pour nous habiller et
sortir. Le plus long est d'introduire vingt petits
doigts à leur place dans les gants. Les jumeaux
veulent emporter leur seau et leur pelle bien que le
bac à sable soit gelé. L'aire de jeux n'est pas loin et je
tiens les petites mains pour descendre avec précaution les marches du perron. Le garçon est prudent,
il avance toujours le même pied pour monter et
pour descendre, évaluant chacun de ses pas. La
terre est blanche et vierge de toute empreinte ; nous
y imprimons les premières du jour dans la pâle
lueur bleutée. Une odeur de poudre flotte encore
dans l'air. La ville n'a pas été nettoyée depuis la
veille ; çà et là des vestiges de pétards émergent de la
couche de neige. Nous recensons les cadavres : la
petite en trouve dix et son frère cinq. Les enfants
avancent en se dandinant à mes côtés dans leur

combinaison de duvet, puis ma fille décide de marcher seule et sans aide, s'arc-boutant pour progresser à petits pas ; son frère, vite fatigué d'arpenter la neige, veut que je le porte.

— Bambi froid.

Je me fais du souci parce que mon fils de deux ans et demi se désigne encore à la troisième personne. Sa sœur dit je veux et je vais, tandis que pour son frère c'est encore Bambi manger banane, Bambi fâché, Bambi dodo, Bambi tétine, Bambi soif – des phrases de deux à quatre mots. Je me demande s'il y a lieu de s'inquiéter à propos du développement de son langage. Les enfants de deux ans doivent maîtriser plus de deux cents mots. Je passe mentalement en revue le vocabulaire de mon fils et il me semble qu'il est reçu de justesse. Il utilise aussi des prépositions, des verbes et des mots au pluriel. Je lui souris en le prenant dans mes bras tandis qu'il pose la tête sur mon épaule.

Les installations de jeu sont enfouies sous la neige mais ma fille veut quand même que je lui montre comment on saute d'une balançoire. Les jumeaux se tiennent à distance et me regardent. Les chaînes grincent tandis que je commence mon ascension dans l'air froid, dans le ciel blanc du premier jour de l'année. À une altitude suffisante, quand je n'ai plus que le ciel en vue, je lâche la chaîne glaciale et me laisse éjecter sur l'étendue neigeuse. Ravis, les enfants applaudissent et je leur souris. C'est ainsi que j'accomplis mon devoir de mère. J'effectue le grand saut trois fois de suite en marquant du bout de ma botte en cuir l'endroit où j'atterris. L'objectif ainsi fixé, je saute chaque fois un peu plus loin. Frère et sœur restent silencieux à suivre la haute voltige de leur mère. Après quoi je les soulève pour les installer l'un en face de l'autre dans la balançoire en pneu. Je les pousse doucement tout d'abord car mon fils a un petit cœur, mais ma fille veut monter toujours plus, pour savoir à quoi ressemble le monde vu d'en haut ; elle veut englober du regard les chaînes de montagnes et les lacs, les pseudo-cratères et les landes où pousse la camarine noire, elle veut aller assez haut pour voir comment tout se tient, comment tout est lié et puis tout se sépare.

Ma fille s'apprête à montrer à son frère comment se tenir debout sur la balançoire, mais vite lassée, elle convoite déjà autre chose : le toboggan. Je déneige le plan incliné et la voilà qui grimpe pour montrer à son frère comment il faut s'y prendre. Toujours assis sur le gros pneu, il suit sa sœur des yeux, captivé, tout en se demandant s'il va oser descendre seul de son perchoir. Je vais donc le chercher et le soulève jusqu'en haut du toboggan avant de le laisser glisser en lui tenant la main. Sa sœur entreprend l'ascension du toboggan par la glissière. Au moment où il s'apprête à suivre son exemple, elle s'est déjà installée sur la balançoire à bascule ; il a toujours un jeu de retard sur elle. Je le hisse sur l'autre siège de la bascule et me poste au milieu pour faire respecter le plus strict équilibre. Ils ont la frousse et rient dans le froid, leurs joues rondes émergent toutes roses de la cagoule. Au moment de nous en retourner, mon fils ne veut plus me donner la main car il serre une trouvaille dans sa paume derrière son dos.

C'est un caillou.

Sa sœur voudrait bien en partager la jouissance, mais il ne lâche pas prise ; il veut le garder pour lui seul. Peut-être va-t-il le lancer bientôt sur quelque chose, voiture ou vitre, sur les autorités ou sur sa mère. Je pourrai dire alors à son papa que son fils a commencé à jeter des pierres, qu'il développe sa virilité pour devenir un membre à part entière de la gent masculine, peut-être éprouvera-t-il plus tard le besoin d'attacher un autre homme à un arbre et de lui taper dessus. Mais voilà que mon fils ouvre soudainement la main et me tend le caillou comme un chef rebelle qui décide de déposer les armes. Il est fatigué ; je le prends dans mes bras et il passe les siens autour de mon cou. La neige se déverse, le ciel s'est ouvert à nouveau et répand sur les maisons une poudreuse blanche, nivelant le pays et ses habitants. Derrière nous, ma fille suit nos traces à courtes enjambées ; la bouche ouverte, elle veut montrer à son frère comment on laisse fondre les flocons sur sa langue, mais il ne manifeste aucun intérêt. Il n'y a pas âme qui vive ; je suis la seule mère de ma rue à connaître la beauté du monde au premier jour de l'année.

Flóki avait l'habitude
de déblayer la neige
quand il le fallait. C'est désormais mon lot
de dégager l'allée et les huit marches qui mènent à
la porte, d'ouvrir la voie à mon mari au cas où il
changerait d'avis dans les jours à venir et rentrerait
chez lui retrouver sa femme et ses enfants ; il se
tiendrait soudain sur le perron, la chemise fraîchement repassée, juste en ce quart d'heure où le soleil,
strie rose sur l'horizon, parvient à darder ses rayons
à travers la buée du monde et la vitre raidie de sel. Il
se tiendrait là, sur les marches déneigées, dans le
vent du nord, un cœur sanguinolent offert dans sa
main tendue et il dirait :

— Pardon, María, c'était un malentendu.
Pouvons-nous oublier tout ça ? Pouvons-nous faire
comme si rien n'avait eu lieu, hein ? Au moins
essayer ?

Et puis n'y a-t-il pas aussi la possibilité que ma
mémoire me trompe, que rien de tout cela ne se
soit réellement produit ? Dans une sorte de vertige,
j'aurais été frappée de cécité sur le rapport des

choses entre elles, quand les feux d'artifice ont explosé au-dessus de ma tête ou quand le corbeau, ses ailes à reflets bleutés déployées, a pris son envol de la balustrade givrée du balcon et rempli le ciel de son envergure, plongeant le monde dans l'obscurité. Ainsi n'ai-je plus vu le soleil ni les feux d'artifice. Voilà comment ça s'est passé. Ou comment cela aurait pu se passer.

J'empoigne la pelle et commence à déblayer la plus haute marche du perron. Les jumeaux sont assis côte à côte sur celle du bas, absorbés par le remplissage de leurs seaux minuscules avec une pelle en plastique. J'en suis à la troisième marche lorsque notre jeune voisin, celui qui loue un studio de l'autre côté des groseilliers, apparaît brusquement au sommet du tas de neige en T-shirt et baskets. Il s'empare de ma pelle et me dit en souriant :

— Je vais m'en occuper.

Mon admirateur de la maison voisine, comme Flóki désigne l'étudiant qui surgit parfois pour m'offrir son aide au moment où j'extrais de la voiture sacs à provisions et enfants de retour du jardin d'enfants. Flóki prétend qu'il suffit que je sorte de la maison pour décupler la probabilité qu'il fasse irruption à proximité. Lors des déplacements de mon mari à l'étranger, également, le jeune homme a une tendance accrue à se manifester pour me donner un coup de main. L'été dernier, il s'est proposé de tondre la pelouse. Un soir du mois d'août, je le vois cueillir des groseilles près de la haie d'arbustes séparant les propriétés. Deux jours plus tard, il sonne à la porte chargé de trois bocaux de gelée rouge clair. « La part qui vous revient », déclare-t-il, en empilant les bocaux dans mes bras. « C'était plus compliqué que prévu, ajoute-t-il, alors c'est ma mère qui a fait la confiture. »

L'étudiant manie la pelle à mains nues tandis que, debout près de la clôture, nous suivons l'opération de déblaiement qui s'effectue en un clin d'œil. Je retiens les enfants par la main pour qu'ils n'aillent pas se fourrer dans ses pattes. Il nous jette un coup d'œil de temps en temps et je lui souris. J'arrive à sourire bien que tout en moi se déchire, bien que je ne sois qu'une plaie qui saigne. Les enfants sont transportés d'allégresse, il s'est passé quelque chose dans leur vie. Quand l'étudiant en a fini avec les marches, il entreprend de déblayer la voie qui mène à l'entresol de Perla.

Ma fille, volubile, décrit l'évolution du travail.

— Le monsieur enlève la neige.

Je me rappelle alors que la chatte n'a toujours pas réintégré son domicile après les explosions de la nuit. Lorsque mon sauveteur se redresse pour estimer l'ampleur du travail qui reste à faire et par quel tas de neige continuer, je saisis l'occasion : n'aurait-il pas aperçu notre jeune chatte tigrée qui a disparu suite à la pétarade d'hier? Elle a dû être terrorisée et se cacher quelque part.

— Oui, nous nous connaissons, elle me rend parfois visite, dit-il en promettant de regarder autour de chez lui.

— Où est minette? demande mon fils.

— Bibi est perdue, assure ma fille.

— Oui, notre chatte s'appelle Bibi, dis-je en me faufilant avec les enfants pour gravir les marches.

Je le frôle au passage et il rougit.

L'étudiant a déjà dégagé une bonne moitié de l'escalier qui descend chez Perla, lorsque le visage de celle-ci apparaît derrière son rideau de cuisine. Nous lui faisons signe de la main. La guirlande lumineuse qui clignote donne à penser que ma voisine est en réunion au sommet avec son auteur. Je n'ai pourtant vu passer personne aujourd'hui.

— Ne descends que si tu m'entends tomber dans l'escalier, m'a-t-elle dit une fois. Je ne veux pas être dérangée quand je m'occupe d'un patient ou quand je suis en pleine écriture romanesque.

J'AIDE LES JUMEAUX
À S'EXTRAIRE
DE LEUR COMBINAISON et leur ôte leur cagoule.
Ils ont les joues rougies par le froid. Mon fils a
encore des boucles blondes de bébé ; il ressemble au
jeune prince d'un tableau de la Renaissance ; peut-
être restera-t-il très proche de sa mère, une fois
adulte, avec ses traits délicats et ses boucles d'ange.
Deux ans et demi, c'est l'âge pour lui d'avoir une
coupe d'homme. Dès que le coiffeur du quartier
ouvrira, après les fêtes, j'y conduirai le petit. Je
décide du même coup que l'heure est venue de l'appeler Björn, comme son grand-père – mon papa –,
son nom de baptême, et non plus Bambi. J'en suis
à lui retirer ses bottes quand le téléphone sonne.

Ce n'est pas mon mari mais ma mère au bout
du fil et je me souviens alors que je ne l'ai pas
encore appelée, ni mon père, pour leur souhaiter la
bonne année.

Elle me dit qu'elle s'attendait à ce que je lui téléphone à minuit, comme d'habitude, mais je
perçois aussitôt qu'elle a autre chose à me dire car sa

voix est différente, à la fois contente et soucieuse.

Elle a une nouvelle à m'annoncer :

— Albert est arrivé par avion hier.

— Quel Albert ?

— Ton père biologique.

— Ah bon ?

— Il veut te voir.

— Mais nous ne nous connaissons pas. Nous ne nous sommes jamais rencontrés.

Je n'exagère rien, car mes échanges avec mon père biologique se résument à savoir que j'ai un géniteur à l'étranger. Maman avait dix-neuf ans quand elle est tombée enceinte après un séjour linguistique d'été. J'avais trois ans quand elle a connu papa. J'ai toujours considéré comme mon père l'homme qui nous a élevés, mes deux frères cadets et moi. Je demande à maman quelle mouche le pique.

— Pourquoi veut-il me voir maintenant ?

— Il veut te connaître. On ne peut pas éluder le fait que vingt-trois paires de chromosomes sont vingt-trois paires de chromosomes.

Puis elle baisse le ton, chuchotant presque dans l'appareil :

— Albert est en train de régler certaines affaires. Il n'a pas d'autre descendant que toi.

J'essaie de penser à toute vitesse.

— Ça tombe mal en ce moment, dis-je. Les

jumeaux sont en vacances.

Je ne mentionne pas la conversion de mon mari ni mes difficultés à l'assumer, je ne vais pas, en prime, me retrouver dans un café en face d'un inconnu qui m'a refilé un bout de son génome.

— Il est descendu dans un hôtel du centre-ville, pas loin de chez toi, et il veut t'y rencontrer en fin d'après-midi.

— Attends, il était déjà là pour le nouvel an ?

— À ce qu'il semble. Il m'a appelée ce matin.

— Aujourd'hui c'est impossible.

Je l'entends réfléchir.

— Demain, alors ?

— Ça risque d'être compliqué.

— Et après-demain ?

Je lui dis que je suis prise.

— Mais après le week-end, alors ?

C'est curieux qu'elle tienne tant à ce que je connaisse cet homme avec qui elle n'a pas eu le moindre contact depuis des décennies.

— Nous pourrons garder les enfants pendant ce temps-là. Papy sera ravi d'installer le circuit de voitures qu'il vient d'acheter. Les enfants dîneront avec nous. Papy leur fera des côtelettes panées.

Les jumeaux sont leurs seuls petits-enfants, elle s'est mise à appeler son mari « papy » et lui en fait autant, être grands-parents c'est ce que le destin pouvait leur réserver de mieux.

— Pourquoi n'invites-tu pas Albert à manger des côtelettes puisqu'il est ici ?

— Non, ce ne serait pas bien à l'égard de ton papa, dit-elle. Tu as toujours été sa petite fille, il ne veut pas vous voir côte à côte à table, Albert et toi, avec le même sourire, la même couleur d'yeux, la même façon de se toucher le front au même moment, remarquer ces mêmes cheveux ondulés, cette même fossette, non, ça lui ferait trop mal. Il ne veut pas qu'on lui prenne sa petite fille. Ton papa rêve d'avoir des petits-enfants depuis des années. Il ne veut partager le rôle de grand-père avec personne. Non, je ne peux pas lui faire ça, d'inviter ton père, conclut-elle.

Et je l'entends à l'autre bout du fil qui avale une gorgée de café.

— Puis-je lui répondre que tu seras disponible au début de la semaine prochaine ?

L'espace d'un instant, il me semble distinguer un changement de ton dans sa voix tandis qu'elle poursuit :

— Est-ce que Flóki est encore en train de faire des heures sup ? Au travail tous les soirs ? À boucler des recherches et rédiger des rapports pour le lendemain jusque tard dans la nuit, comme à son habitude ?

C'EST VRAI,
FLÓKI TRAVAILLE
SOUVENT
LE SOIR. Il téléphone alors pour me dire de ne
pas veiller jusqu'à son retour.

— On a bientôt fini, dit-il.

Ou alors il fait juste un saut au travail après le
dîner, quand il a couché les jumeaux, pour boucler
un projet urgent. Il lui arrive parfois de s'arrêter
au milieu d'une phrase parce qu'il se rappelle avoir
oublié de fermer une fenêtre au bureau.

— La neige pourrait entrer.

Ou encore c'est à la question de savoir comment
un changement infime peut affecter une organisation globale, par toute une chaîne de causalité
jusqu'à ce que quelque chose d'énorme se produise,
qu'il doit s'attaquer.

— Parce qu'il faut tenir compte du chaos, du
hasard et du vide dans tous les domaines de l'existence, m'a expliqué un jour mon mathématicien.

Il prend une douche en vitesse avant de partir et
dit qu'il va régler quelques affaires en route et que

ça ne lui prendra pas longtemps, une heure et demie sans doute, mais qu'il vaut mieux que je ne l'attende pas au cas où cela traînerait en longueur.

Il lui arrive aussi parfois d'appeler tard le soir pour demander si je suis couchée.

— Tu es couchée ?

— Non.

— Mets-toi sous la couette et pense à moi, dit-il alors. Je rentrerai tard.

Il revient six heures après, au milieu de la nuit. Je l'entends qui se déplace sans bruit pour ne pas me réveiller, mais il ne vient pas tout de suite au lit, il s'attarde longtemps au salon. Il ouvre le réfrigérateur et le referme. Quand il s'allonge à côté de moi, il s'efforce de ne pas me déranger. Il me tourne le dos et j'entends à sa respiration qu'il ne dort pas, j'ai comme l'impression qu'il retient son souffle.

Je demande :

— C'est quoi cette trace sur ton dos ?

— Ce n'est rien, dit-il.

Puis il se tourne vers moi pour que je n'examine pas son dos de plus près, ses yeux fixés droit dans les miens, sans rien dire. Il ferme les paupières, mais je sais qu'il ne s'est pas endormi.

Quelquefois, son travail est si complexe que cela lui prend toute la nuit et qu'il finit par s'allonger sur le canapé du bureau, près de la machine à café. Quand les jumeaux accourent me rejoindre au lit, il arrive que leur père ne soit pas encore rentré.

—J'ai dormi sur place pour ne pas te réveiller, dit-il en rentrant alors que nous en sommes au petit déjeuner.

Il va juste prendre une douche et se changer avant d'y retourner.

Je ne me souviens pas lui avoir jamais demandé de saluer de ma part son associé et plus proche collaborateur quand il lui téléphonait ; l'ai-je fait ? Me rappeler si je l'ai ou non prié de transmettre mon meilleur souvenir à l'autre Flóki me semble soudain d'une importance capitale. Peut-être lui ai-je dit : Salue bien de ma part l'autre génie des mathématiques, ou bien me suis-je seulement enquis de leur avancée commune dans la compréhension de la nature de l'imprévisible ?

C'EST LA DEUXIÈME

VISITE

DE L'ÉCRIVAINE aujourd'hui, mais cette fois
Perla vient de l'extérieur et sonne à la porte
d'entrée. Elle est habillée de pied en cap, pantalon
stretch et pull jaune à col roulé, et tient une liasse
de feuilles qu'elle pose sur la table de la cuisine.
J'identifie immédiatement un manuscrit.

Je lui sers une tasse de chocolat et sors la boîte de
petits gâteaux que ma belle-mère m'offre chaque
année pour Noël. Perla choisit une langue de chat
qu'elle trempe dans sa tasse.

— Je me suis dit que cela t'intéresserait peut-
être de parcourir certains chapitres du manuel sur
le mariage auquel je suis en train de travailler.

Aussi étrange que cela paraisse, elle venait tout
juste d'achever le chapitre sur le divorce au
moment où j'ai frappé à sa porte dans la nuit. Elle
envisage de l'intituler *Les cygnes ne divorcent pas*.

— Le sous-titre serait alors : *Mais les humains,
oui*.

Qu'est-ce que j'en pense ?

Richmond Hill Public Library
Central Library
Tel: 905 884 9288

Borrowed Items Jun 09, 2017 15:34
15:34
XXXXXXXXXX0550

Item Title	Due Date
32971014239689	Jun 30, 2017 23:59
* L'exception : roman	
32972000279788	Jun 14, 2017 23:59
Julieta [videorecording]	
32972000308124	Jun 14, 2017 23:59
Nelly [videorecording]	
32971015714201	Jun 14, 2017 23:59
Wodehouse in Exile [videorecording]	

* Indicates items borrowed today
www.rhpl.richmondhill.on.ca

— C'est très bien.

— Les cygnes se choisissent un conjoint pour la vie.

Je lui réponds que je l'ai entendu dire.

— On pourrait croire que *Les cygnes ne divorcent pas* est plutôt un titre de roman, ajoute-t-elle.

Selon elle, avoir un pied dans la fiction et l'autre dans les sciences humaines, c'est un peu comme se tenir debout sur deux icebergs s'éloignant l'un de l'autre. Ces domaines fusionnent néanmoins souvent dans son esprit.

— Dirais-tu, par exemple, que *Un bonheur sans nuage* serait le titre d'un manuel sur le mariage ou bien d'un polar comportant un secret de famille ?

À quoi je réponds que je suis bien incapable d'en décider.

— Non, d'ailleurs je n'ai pas encore choisi moi-même.

Elle prend une deuxième langue de chat et raconte qu'au début, on l'avait juste consultée à propos des complications familiales de l'inspecteur et que c'est ainsi qu'elle avait fait son entrée en scène.

— Quelqu'un a cité mon nom.

Elle m'explique que son rôle de nègre consiste à étirer le cours du récit, ce qui contribue à maintenir le suspense du livre.

— S'il s'agit d'un crime passionnel, je me sers,

parfois mot pour mot, des entretiens avec mes patients.

Au départ, on lui avait commandé six pages, mais de fil en aiguille, à présent c'est elle qui décide de l'intrigue, campe les personnages et rédige la première et la dernière phrase de chaque chapitre. À cela viennent s'ajouter les dialogues, aussi bien sur les lieux du crime que pendant les interrogatoires. De sorte que dans le dernier roman, les empreintes digitales de ma voisine doivent se retrouver sur environ soixante pour cent des matériaux.

Voilà quatorze heures que mon mari a quitté la maison et je m'attends à ce qu'il appelle d'une minute à l'autre. Bien que j'apprécie la présence et la sollicitude de Perla, j'ai du mal à me concentrer sur tout ce qu'elle raconte. Il faut que je m'occupe des jumeaux. J'aime bien les avoir tous deux près de moi, mais je dois aussi les prendre séparément, me mettre à leur niveau en veillant à consacrer une attention égale à chacun et improviser à partir de leur imaginaire de petit enfant.

Les jumeaux ont reçu des tricycles pour Noël et comme on ne peut pas rouler dans la neige, ils ont la permission d'essayer les engins au salon.

— Un à la fois, dis-je.

— Bambi d'abord, dit mon fils.

— D'abord moi et puis Bambi d'abord, tranche

ma fille en enfourchant son tricycle.

Je garde un œil sur eux depuis la cuisine ; ma fille pédale vivement à travers le salon, les doigts crispés sur le guidon. Elle actionne la sonnette.

Perla qui hésite longuement devant la boîte à petits gâteaux en aligne une sélection sur sa soucoupe.

— Je n'ai pu faire autrement que te voir sauter de la balançoire, par l'œil-de-bœuf de mon bureau d'écrivain. À vrai dire, je n'ai jamais vu personne sauter d'une balançoire avec des chaussures à talons aussi hauts que les tiens sans se casser la cheville.

— C'est une question de technique.

— Généralement, les adultes ont la flemme de sauter d'une balançoire ou de jouer au frisbee, toutes ces activités sans objet auxquelles la jeunesse se livre pour dépenser son excédent d'énergie.

Elle boit une gorgée de cacao et mord dans un anneau à la vanille.

— J'ai pu constater que les pères sont plus nombreux à fréquenter l'aire de jeux quand tu t'y trouves avec les enfants, María. Le jeune homme de la maison voisine ne serait pas seul dehors si les pères de famille de cette ville n'étaient pas encore en train de cuver leur vin…

Elle trempe un petit gâteau aux raisins secs dans sa tasse.

— Les mères occupées à remplir de sable leur

petit seau n'ont pas toutes un physique de star de cinéma. Ces yeux verts, toutes ces formes arrondies et ce flot de féminité bien réparti ne sont pas sans évoquer diverses créatures qui ont crevé l'écran.

Mon frère appelle cette couleur d'yeux vert renard, me rappelant du même coup que je ne ressemble en rien à mes cadets.

Sans trop y prendre garde, je demande :

— Voudrais-tu insinuer que j'ai une allure inhabituelle pour une femme d'homosexuel ?

Ma voisine s'accorde un moment de réflexion en remuant le cacao dans sa tasse.

— Il n'y a pas de règle en la matière, dit finalement la psychanalyste que la question ne semble pas surprendre. J'en ai rencontré diverses variantes. Certaines ne se montreraient jamais en tailleur, ou ne mettraient jamais de rouge à lèvres voyant. D'autres, comme toi, sont la féminité même, *l'éternel féminin* avec de longs cils foncés, comme des ailes de papillon. C'est le règne du hasard.

Quoique Perla me paraisse bien singulière dans sa manière de détailler la féminité, je dois reconnaître que j'ai été prise de court quand je me suis vue dotée en un temps record de ce corps de femme jusqu'alors inconnu. La métamorphose se fit en six mois et j'assistai à l'épanouissement de ma nouvelle apparence comme si elle appartenait à une autre personne. Dans les boutiques, on me demandait ma pointure, ma taille pour un pantalon, un T-shirt, et je n'en savais rien puisqu'elles changeaient sans cesse ; il fut un temps où, n'ayant pas encore de physionomie bien définie, il me semblait habiter un corps provisoire. Seule dans la salle de bains, le soir, encore étrangère à moi-même, j'examinais de près tous les degrés de cette mutation. À quel moment ce corps nouveau cesserait-il d'être en gestation, quand ce moi futur se figerait-il et me laisserait-il enfin achevée, quand cesserait l'incertitude pour me laisser émerger avec une silhouette neuve, blanche comme neige sur la lande, après combien de jours et de nuits me réveillerais-je un mardi matin sous une autre peau, femme sur la planète des humains, à la stupeur de tous, en particulier des garçons de la classe ? Ce corps me plairait-il alors ? Plairait-il à d'autres ? Un homme aurait-il un jour envie de coucher avec moi ? J'avais toujours mon vieux cartable, mais l'accueil des garçons de l'école avait changé. Mes deux demi-frères étaient en revanche trop jeunes encore pour comprendre les bouleversements qui, en l'espace de six mois, avaient métamorphosé leur sœur.

— Bon, je ne suis pas voyante, mais ne t'étonne pas si on vient s'offrir de te consoler, notamment des amis hétéros de ton mari. Il n'est pas anormal non plus qu'une femme qui se retrouve seule sans préavis veuille s'assurer qu'elle n'a rien perdu de son pouvoir de séduction. J'ai plutôt le sentiment, poursuit-elle en levant les yeux vers le coin de la cuisine, que tu ne tarderas pas à renaître de tes cendres avec tes cheveux sombres et à *attirer les hommes, comme l'air qu'on aspire*, dirait Sylvia Plath. Une femme qui sait faire le tiramisu ne reste pas seule bien longtemps. Quand j'ai perdu ma mère, les deux messages de condoléances que j'ai reçus venaient de ses collègues à la cantine de l'école. Sauf à attirer les autres, on se retrouve tout seul à pleurer dans son coin.

— Il nous a aidés

à poser

le carrelage quand nous avons emménagé,
dis-je à Perla.

— Qui ?

— L'autre Flóki.

Nous étions en train de remettre notre logis en
état, après avoir acheté l'appartement le plus tapissé
que l'agence immobilière avait sur ses listes, nous
avions passé des jours à arracher le papier peint, à
boucher les trous et à peindre. Tout l'appartement
sentait le ciment mouillé. C'était la première fois
que je rencontrais Flóki Karl. Il alla droit à la
fenêtre, y demeura un bon moment, le dos tourné.
Je l'ai tout de suite eu à la bonne. J'ai choisi la
couleur du carrelage pour la salle de bains et le
collègue de mon mari a dit que j'avais bon goût en
la matière. Il jetait parfois un regard à la dérobée
sur moi, puis sur mon époux, et je me dis qu'il
nous jaugeait l'un par rapport à l'autre. Je le soupçonnais de partager secrètement l'admiration que
mon mari me vouait. Lorsque je m'en ouvris à ce

dernier, plus tard dans la soirée, il comprit aussitôt ce que je voulais dire et en parut soulagé.

— Il ne serait pas le seul, dit-il.

À la suite de quoi, il dut se rendre inopinément à son bureau.

— Ne m'attends pas, dit-il, c'est un truc compliqué et je rentrerai tard.

Lassés du tricycle, les jumeaux veulent voir une émission pour enfants à la télévision. Pendant qu'ils s'installent côte à côte sur le canapé, dans le coin télé, Perla se transporte de la cuisine à un fauteuil, près du sapin de Noël. Elle a emporté sa tasse de cacao.

— La vie n'est pas comme j'imaginais, dis-je en revenant.

— Lorsque mes patients s'en plaignent, je leur réponds : la vie n'est que souffrance et déception, il faut s'y résigner, c'est normal d'en baver et de gâcher sa destinée. Du coup, ils ne reviennent plus. Et ils n'ont même pas la courtoisie de décommander leur rendez-vous. Les gens refusent de regarder en face ce monde truffé d'éclats de verre et d'admettre qu'une souffrance profonde aiguise la perception et donne de la valeur à l'existence.

— En effet, tout le monde n'est pas écrivain.

— C'est vrai qu'on s'efforce tout le temps de dissimuler la cruauté du monde derrière la quête de la beauté. Sais-tu ce que je réplique à mon auteur de polars qui se plaint sans arrêt de n'être pas né dans une zone linguistique plus étendue et d'être obligé d'écrire dans une langue que personne ne comprend, une langue si compliquée avec toutes ses déclinaisons qu'il faut s'en remettre aux traducteurs pour chaque mot à faire passer entre soi et l'univers ?

— Je n'en ai pas la moindre idée.

— Je lui réplique qu'on peut souffrir et désirer en n'importe quelle langue. Et j'ajoute qu'on peut se colleter avec l'amour dans n'importe quel petit vallon, penser à la mort sur une dune de sable, chercher le divin sur n'importe quelle motte de terre.

Elle secoue la tête et j'opine du bonnet, sans vraiment la suivre.

— L'ennui, poursuit-elle, c'est que les gens pensent que l'amour va tout sauver. Les plus emmerdants exigent que l'amour les sauve d'eux-mêmes. Le problème majeur dans mon métier c'est que ces gens-là s'attendent à ce que je leur trouve un nouveau conjoint. Comme je ne me sens pas en mesure de résoudre les difficultés de quiconque, j'oblique de plus en plus vers l'écriture. La fiction romanesque est à vrai dire le seul domaine où je peux produire de nouveaux partenaires pour les gens. Dans le dernier roman, j'ai fabriqué une petite amie pour le commissaire chargé de l'enquête, mais celui dont le nom figure en gaufrage argenté sur la couverture l'a fait assassiner au chapitre douze.

J'entends des voix enfantines du côté du coin télé et peu après ma fille agite devant moi ses boucles brunes pour m'apprendre qu'ils ont black-boulé l'émission pour enfants.

— Parce que les animaux ne savent pas parler.

Elle tient le DVD de Fifi Brindacier et veut que je le glisse dans l'appareil.

— Être mère, dit Perla quand je reviens vers elle, c'est être constamment dérangée. Toute pensée, tout travail est interrompu par un enfant.

Puis, se souvenant qu'il faut battre le fer tant qu'il est chaud – elle-même est aux prises avec un meurtre difficile à l'étage au-dessous –, elle se laisse glisser de son fauteuil.

— Puisqu'on a fini de déblayer la neige, ça ne nous ferait pas de mal de prendre un petit bol d'air.

Les enfants ont raccompagné la visiteuse à la porte et s'agitent autour de nous. La psychanalyste se tient en chaussons roses sur les marches fraîche-ment dégagées, la boîte de petits gâteaux sous le bras et regarde en direction de la mer noire.

— C'est la nuit ? demande mon fils. Bambi dodo ?

— Oui, pas étonnant que l'enfant pose des ques-tions de philosophe. *Ne fait-il pas plus froid ? La*

nuit n'est-elle pas tout le temps en train de tomber ?
Savons-nous encore où sont le haut et le bas ? À se
demander si ça vaut la peine de se lever le matin.
On vient tout juste de rassembler ses esprits, à
l'aube d'un nouveau jour, qu'il s'est déjà enfui. Il y
a des fois où ce serait bien de pouvoir dormir toute
la journée. Ou même tout l'hiver.

Nous restons, mère et enfants, dans l'embrasure
de la porte, à regarder dehors dans le noir.

— Le soleil se lève à onze heures cinq, ensanglanté, fendant le ciel en biais, puis se couche à
quinze heures quinze, à nouveau ensanglanté. Je
ne compte plus les fois où j'ai écrit quelque chose
sur le soleil ensanglanté. J'ai tout ça en bas dans
mes brouillons de manuscrits sur la table de la
cuisine : le cœur sur un nuage, la bile noire de
l'âme, l'esprit grouillant de pensées, le point du
jour cinglant. Je songe à placer ces mots dans la
bouche de l'assassin : « Où dévale cette lune
déchirée, pas moins déflorée que moi. »

Elle se retourne, pose la boîte de biscuits sur une
marche et serre soudain mon fils dans ses bras – la
différence de taille est minime. Les enfants lui
donnent tous deux un baiser mouillé en guise d'au
revoir.

— Oui, je crois que Björn et moi sommes à peu
près du même avis, à savoir que le monde pourrait
à certains égards être différent sous ce ciel noir.

Le dernier bouquet de fleurs de mon mari s'épanouit dans un vase sur la table du salon. Dix roses rouges à longues tiges qui n'ont pas encore commencé à pencher du col. Dois-je attendre qu'elles se fanent peu à peu et flétrissent, que la couleur s'éteigne et qu'elles virent au rose pastel cadavéreux ? Ou bien faut-il les faire sécher ? Est-il déjà trop tard et l'instant révolu ?

En attendant
qu'il réponde

AU TÉLÉPHONE, je repasse dans mon esprit ce que je vais bien pouvoir lui dire. Je commencerai par lui annoncer que son fils s'est mis à lancer des pierres, qu'il a besoin d'un modèle masculin pour s'orienter dans une voie plus constructive. Je pourrais dire aussi qu'il est temps d'affermir sa virilité comme de l'acier trempé. Et puis je vais lui demander de revenir à la maison pour élever avec moi ces petits que nous avons attendus si longtemps parce qu'il me fallait une période d'adaptation plus longue, qu'il me fallait plus de temps pour savoir où j'en étais. Je ne manquerai pas non plus de l'informer de la disparition de notre jeune chatte en lui demandant de se mettre à sa recherche et tant qu'il y est s'il ne pourrait pas faire couler le bain et laver les enfants pendant que je fais la cuisine. Ou s'il préfère à l'inverse cuisiner pendant que je baigne les enfants.

Ça sonne six fois et quand il répond enfin, sa voix est rauque comme si je l'avais réveillé alors qu'il est cinq heures de l'après-midi. Il me semble entendre une cafetière électrique en fond sonore.

Il dit « un instant » et se déplace probablement pour pouvoir me parler.

— Tu me manques, lui dis-je.

Il prétend qu'il ne peut pas revenir, il est à un nouveau stade de sa vie.

— On change. Je ne suis plus l'homme que j'étais, je suis un autre maintenant, je suis celui que je suis à présent.

— Pourquoi ne me l'as-tu pas dit plus tôt ?

— Je n'imaginais pas retenir si longtemps l'attention d'une femme. Je m'attendais à ce que tu en aies marre de moi, à ce que tu partes.

— Pouvons-nous en discuter ensemble ?

— Je doute qu'il y ait quoi que ce soit à discuter. Ce n'est pas personnel, tu n'y es pour rien.

Silence à l'autre bout du fil. Je sens la pulsation du sang dans chaque cellule de mon corps.

— Être père, cela change un homme. Dès que les enfants sont nés, la mort m'est apparue comme une hypothèse réaliste, j'ai su que je devais faire un meilleur usage du temps, mettre au clair la façon dont je voulais mener ma vie.

Il hésite avant d'ajouter :

— Ce n'est pas à la portée de tous les hommes d'être mariés.

Il me semble entendre l'écho assourdi de voix

masculines mais je résiste à la tentation de lui demander s'il fête le nouvel an et s'ils ont des invités.

— Je viendrai mardi.

Les jumeaux n'allant pas au jardin d'enfants le week-end, je compte le nombre de jours où je vais être seule avec eux.

— Mais c'est dans quatre jours !

— Oui, c'est dans quatre jours.

— Tu m'as offert des roses avant-hier.

— Oui, je t'ai offert des roses mercredi. Ça va me manquer, de t'acheter des fleurs.

J'entends qu'il hésite avant d'ajouter :

— Tu seras toujours la femme de ma vie.

LES ENFANTS
DOIVENT MANGER
MÊME SI LA FAMILLE
SE DÉCOMPOSE. Je ne sous-estime pas mes
capacités quand il est question de repas de fête
compliqués et longs à élaborer, je suis à mon affaire
pour ce qui est d'accommoder du gibier et de
farcir des oiseaux à plumer gisant sur la paillasse de
l'évier. Quand nous recevons à dîner, je suis imbat-
table en desserts : gâteau glacé à quatre étages,
mousse au chocolat, crème brûlée. Flóki s'occupe
plutôt de la cuisine de tous les jours. Quand les
enfants étaient tout petits, il préparait pour eux
toutes sortes de purées de légumes et une fois
qu'ils étaient baignés et endormis, il cuisinait
pour nous deux.

J'attrape un livre de cuisine, je le parcours à la
recherche de recettes simples qui pourraient
séduire des enfants de deux ans et demi et je tombe
sur le poulet d'Hérode.

Les jumeaux se sont rendu compte de la disparition de leur animal favori, qu'ils cherchent dans

toutes les pièces, regardant sous les lits en appelant :

— Minou, minou !

Constamment stupéfaits par tout ce qui se passe, bouche bée et yeux écarquillés comme les peluches qui partagent leur lit ou comme les chatons, chiots, veaux, poussins pour qui tout est neuf, ils s'étonnent aussi de leurs propres réactions au moindre événement tant ils sont encore étrangers à eux-mêmes.

Après avoir exploré chaque recoin, ils reviennent me trouver avec le verdict :

— Minou perdu.

Tandis que les morceaux de poulet s'alignent dans le plat, je leur parle de la disparition de la chatte, pariant sur ses chances de retour. Je leur rappelle aussi l'existence des deux poissons rouges orange qui nagent toujours dans leur bocal. Ni l'un ni l'autre n'a encore mentionné leur papa, mais je trouve ma fille plus remuante que d'ordinaire et mon fils montre peu d'allant.

Ce ne sera pas long avant qu'ils se rendent compte pareillement de la disparition de leur père et se mettent à le chercher, d'une pièce à l'autre, en l'appelant et en inspectant les placards. Ma fille voudrait que son frère lui serve de poupée pour lui mettre ses habits, ce à quoi j'objecte, ça ne se fait pas. Mon fils qui se tient devant moi réclame soudain la tétine à laquelle il avait pourtant très officiellement renoncé. Je n'ai pas le temps de dire ouf qu'il a déjà poussé un tabouret jusqu'au placard de la cuisine où sont rangées les vitamines, et entrepris d'y grimper. Quand l'enjeu est d'importance, mon fils ne manque ni de détermination ni de témérité.

— Bambi veut sa tétine tout de suite.

C'est la phrase la plus longue que le petit Björn ait jamais prononcée, sept mots liés entre eux qui expriment un souhait, avec verbe, adjectif possessif et locution adverbiale.

J'étire le bras sans un mot vers l'étagère et la lui tends. Je lui déclare aussi que c'est temporaire et seulement pour le soir. Et j'ajoute :

— En tout cas, pas question de tétine lorsque tu iras à l'école.

JE SUIS EN TRAIN
DE VÉRIFIER
SI LE RIZ EST CUIT
QUAND MA VOISINE passe la tête à la porte de la
cuisine en disant qu'elle vient rapporter le saladier
du tiramisu. La porte mitoyenne était ouverte.

— Tu as oublié de verrouiller.

Perla s'est changée, elle porte un tailleur vert à
carreaux. Je remarque ses boucles d'oreilles en
perles blanches dont je lui fais compliment. C'est
un cadeau de sa tante. Depuis son départ deux
heures plus tôt, elle a tenu une réunion de crise
avec son auteur de polars.

— Il lui fallait d'urgence une intrigue et il attendait à ma porte quand je suis descendue de chez toi.

Elle s'installe à la table de la cuisine.

— Je lui ai rappelé qu'il me devait deux mois
de salaire. Et puis j'ai essayé de lui faire entendre
que le nombre des gens qui meurent assassinés est
très inférieur à celui des gens qui meurent de leur
belle mort. Que la plupart des gens inspirent, puis
expirent avant d'inspirer une dernière fois. Ou

bien d'expirer, oui. Mais il ne me comprend pas.

Je devine que la réunion avec son auteur lui reste en travers de la gorge.

— Je lui ai suggéré d'écrire un livre truffé de méfaits divers au lieu d'un meurtre atroce, le temps de faire son sevrage, mais il ne veut rien entendre, d'autant qu'il se fait construire une maison avec une terrasse en bois pour boire son café du matin.

Comme le réfrigérateur de ma voisine m'a semblé à peu près vide, je lui propose de dîner avec nous. Nous serons ainsi quatre à table comme d'habitude : deux grandes personnes et deux enfants.

— Il y en a bien assez, dis-je.

Elle reconnaît avoir été attirée par l'odeur de cuisine mais plus encore par un soudain besoin d'observer la VIE même, selon son expression.

— J'ai tenté de faire comprendre à mon auteur de polars que c'est la capacité d'étonnement qui fait de nous des êtres vivants et que ce ne serait pas une mauvaise idée qu'il aille observer un petit veau à la ménagerie.

L'un des jumeaux s'est mis à pleurer. Le garçon surgit bientôt, accusant sa sœur.

— Begga pris mon lion.

Il est en proie à une vive émotion. La fautive arrive dans son sillage ; elle prétend vouloir justement lui rapporter l'animal en peluche défraîchi et le lui tend séance tenante. L'une des oreilles, rongée, a presque disparu. Elle dit qu'elle m'aidera à garder son frère Bambi jusqu'au retour de papa.

La table est mise dans le salon puisque nous avons une invitée et Perla s'assied naturellement à la place de Flóki, en bout de table. Les enfants ont vite fait de grimper sur leur chaise. Tandis que je vais et viens entre la cuisine et le salon, Perla m'explique qu'elle est l'auteur de la théorie MNF.

— Sans vouloir me vanter.

Je lui avoue n'en avoir jamais entendu parler.

— Meurtre, Nature, Famille, dit-elle avant de tremper les lèvres dans le verre de porto que je lui ai servi.

Tout en appréciant la présence d'un autre adulte à table, j'ai du mal à suivre ma voisine.

— Après un meurtre et une première scène de vie dans la nature, vient le premier volet du drame familial avec fausse piste numéro un, puis la scène deux de la vie dans la nature, suivie du deuxième volet du drame familial assorti de la fausse piste numéro deux, ensuite un développement supplémentaire du drame familial et la bonne piste numéro un ; après quoi, la scène trois de la vie dans la nature et la bonne piste numéro deux, ensuite encore le drame familial et la bonne piste numéro trois ; enfin la résolution du meurtre avec solution de fortune du drame familial et en point d'orgue, scène de vie dans la nature numéro quatre…

Les enfants sont vite fatigués. Un instant, ils débordent d'énergie, fonçant sur leurs tricycles et, l'instant d'après, c'est comme si on leur avait coupé le courant, leur regard devient fixe, toute vivacité disparaît et puis ils s'écroulent, se couchent par terre, ne veulent plus jouer, ne veulent plus qu'on leur parle, ne veulent pas manger. Je sers aux petits et à notre hôte des bols de riz basmati ; pour ma part, je n'ai guère d'appétit.

Je confie à Perla quel souci je me fais pour les enfants.

— Ce seront des enfants du divorce.

Elle prend un bon moment pour désosser sa viande.

— Je crois pouvoir affirmer que c'est plus dur d'être nain que d'être un enfant du divorce. Je suis moi-même à la fois naine et enfant du divorce.

Elle dépose les os proprement sur le bord de son assiette.

— Je présume cependant que cela vaut mieux que d'être naine et mère célibataire de deux enfants, ou nain et homosexuel, c'est-à-dire relever d'une double minorité.

Je vais chercher le gâteau glacé sur lit d'amandes dans le congélateur.

— En général les enfants du commissaire chargé de l'enquête sont des drogués, mais là, pour briser le schéma, je me suis permis de rendre son fils dyslexique avec troubles de l'attention, obligeant le héros à interrompre ses enquêtes les plus ardues à chaque fois qu'il est convoqué avec son ex-femme chez le conseiller pédagogique. Ce qui se termine bien entendu par un détour chez elle pour changer une ampoule... et ainsi de suite.

Lorsque ma voisine prend congé, elle ne refuse pas d'emporter les restes du poulet d'Hérode et la moitié du gâteau. Elle réceptionne le plat sur le pas de la porte. Le ciel dégagé est constellé d'étoiles.

— De quel côté du lit dormait Flóki ?

— Du côté gauche, pourquoi ?

— Tu aurais peut-être intérêt à changer de place ; c'est une bonne méthode de dormir une nuit sur deux du côté gauche et l'autre du côté droit, de manière à occuper tout le lit. Comme je le dis à mes patients qui ont été abandonnés, dans la vie on a toujours le choix.

Il faut
changer
l'ampoule

SOUS L'AUVENT qui surplombe la porte d'entrée pour que je puisse voir tout de suite qui se tient sur le perron dans le noir, si ce ne serait pas mon mari revenu après trente heures de réflexion solitaire, plein de regrets et de désir. Il s'avère que ce n'est pas lui, mais notre jeune voisin qui tient la chatte dans ses bras et s'excuse de passer si tard.

Il gratte l'animal derrière les oreilles, lui caresse la tête, puis l'échine et dit l'avoir cherché dans tout le quartier avant de le trouver finalement sous l'escalier d'une cave où il s'était réfugié, sûrement affolé par les détonations du feu d'artifice. La chatte de la maison ronronne et plisse les paupières, ne révélant plus qu'une fente de ses yeux jaunes.

— Je lui ai donné du lait. À part ça, elle a l'air en bonne santé, dit son sauveteur. Il se pourrait tout de même que ses neuf vies aient été entamées et qu'il ne lui en reste plus que six ou sept.

Il sourit et me regarde dans les yeux tout en prodiguant à l'animal quelques caresses vigoureuses, ébouriffant son pelage pour le lisser ensuite jusqu'au bout de la queue touffue.

Je tends les mains pour réceptionner la chatte ensommeillée mais mon voisin n'a pas n'a pas l'air de vouloir s'en séparer. Il fourrage toujours dans son pelage.

— On dirait qu'elle se remet doucement de ses frayeurs.

J'entends un vague bruit là-haut. Voilà les enfants en pyjama qui dévalent l'escalier. Réveillés par le coup de sonnette, ils se dépêchent de descendre en se tenant par la main. L'affaire pour eux est d'importance : ils viennent fêter le retour de leur animal chéri.

Mon voisin de derrière les groseilliers libère enfin la chatte. Les petits se baissent pour la caresser mais elle se faufile entre leurs jambes et ils la poursuivent dans la cuisine jusqu'au coin où se trouve son écuelle.

Bien qu'il soit plutôt l'heure de remettre les enfants au lit, j'invite notre voisin à entrer, qui se retrouve instantanément au milieu du salon. Il jette un coup d'œil circulaire comme si, ayant enfin l'occasion de poser les yeux sur ce qu'il n'avait pu qu'imaginer jusque-là, il cherchait à enregistrer à toute vitesse les distances et les formes, les coins et les recoins, graver la disposition des lieux dans sa mémoire après s'être longtemps demandé quelle pouvait en être la configuration.

Notre sauveteur m'avoue qu'il s'intéresse davantage aux oiseaux qu'aux chats et qu'il envisage de poursuivre ses études d'ornithologie. Son mémoire traitait des escales dans la migration des oies.

— De leur vie amoureuse, en fait, dit-il en souriant.

Et je note qu'il a une fossette d'un seul côté. Il évoque un souvenir de gamin, lorsqu'à sept ans il avait secouru une mouette blessée.

— Elle n'arrivait pas à prendre son envol parce qu'elle ne voyait pas la mer. Je l'ai mise dans un carton et l'ai transportée sur le porte-bagages de mon vélo jusqu'à la grève.

Je m'appuie à la porte-fenêtre du balcon, en souriant et en hochant la tête. C'est alors que je me rends compte que le corbeau de la Saint-Sylvestre a disparu et je m'adresse au spécialiste pour savoir s'il a aperçu le couple d'oiseaux noirs. Ils nous avaient souhaité la bienvenue quand nous avions emménagé et nous rendaient souvent visite ; je leur donnais parfois de la saucisse au foie de mouton.

— Ils viennent par deux d'habitude. Mais la dernière fois il était tout seul.

Voilà que je ne suis plus sûre de rien. L'oiseau était-il seul ou bien tournoyaient-ils en duo au-dessus de la scène des événements imprévisibles du dernier soir de l'année ? Ai-je donné à manger à l'oiseau, ou non ? Peut-être l'ai-je oublié parce que le battement de mon cœur emplissait le salon ?

— Il a laissé une plume de sa queue, dis-je.

Le jeune amateur de volatiles n'a pas revu le couple de corbeaux. À son avis, ce sont de drôles d'oiseaux, susceptibles de disparaître plusieurs jours avant de reprendre leurs habitudes.

— J'ai eu l'impression, dis-je, que l'une de ses ailes était bizarrement tordue vers l'arrière, il avait du mal à s'élever de la balustrade du balcon, comme s'il était blessé.

L'ornithologue ne sait ce qu'il a pu advenir de l'autre oiseau, mais il promet de s'en inquiéter.

— Le problème c'est que les corbeaux finissent par se prendre pour des humains et ne s'intéressent plus à leurs congénères lorsqu'ils sont trop proches des gens.

Une fois sa boisson maltée terminée, il me dit qu'il doit filer, mais comme rien dans son comportement ne le manifeste, nous bavardons encore un petit moment au sujet de la suite de ses études qui seront probablement consacrées à une espèce particulière de canard.

Il reste planté au milieu du salon tout en répétant qu'il vaudrait mieux qu'il s'en aille, ajoutant comme par parenthèse qu'il voulait me demander de le dépanner d'une dose de lessive. Il a encore une chemise à laver et repasser pour le lendemain.

— Maman a cessé de se charger de ma lessive depuis le jour de mes vingt-cinq ans cet automne.

Demain, m'apprend-il, c'est l'anniversaire de sa tante, dont il est le neveu préféré.

— Soixante-dix ans. On a loué une salle au neuvième étage et il y aura toute la famille. Mes tantes maternelles vont confronter leurs observations et aboutiront sûrement à la conclusion que j'ai grandi depuis la dernière fois. On va encore me soumettre à un interrogatoire pour savoir si j'ai enfin une petite amie.

On se met à rire tous les deux.

— Et est-ce que tu en as une ?

— Non, incroyable mais vrai, je suis libre, dit-il en se rapprochant d'un pas.

Je remarque qu'il a les yeux gris-bleu. Et aussi qu'il y a des écaillures sur les murs du vestibule, que je pourrais repeindre, de même que la chambre à coucher, tant qu'à faire, et installer enfin comme prévu des rangements supplémentaires dans la deuxième chambre d'enfant. Il me reste encore pas mal de congés à prendre, pourquoi ne pas en profiter dès la semaine prochaine pour rafraîchir tout l'appartement ?

— L'ennui, dit-il en s'adossant au mur de

l'entrée, c'est que je trouve les filles de mon âge plutôt immatures. Dès qu'on a couché avec elles, elles veulent aller au cinéma et n'arrêtent plus de téléphoner pour demander si on peut se revoir.

— Peut-être n'y a-t-il rien d'anormal à ce qu'elles veuillent revoir un beau garçon.

— Le pire, c'est d'être embêté alors qu'on voudrait avoir la paix, par exemple quand une femme vous manifeste un intérêt qui n'est pas réciproque. Elle se met à vous surveiller et à vous courir après dans la rue pour essayer de vous faire changer d'avis. Faut pas croire que ça m'arrive sans arrêt. Et puis si on tombe sur elle par hasard au cinéma, on se retrouve à surveiller son sac pendant qu'elle va aux toilettes. J'ai des copains qui se sont fourrés dans ce genre de pétrin.

Alors que je m'apprête à refermer la porte, après l'avoir à nouveau chaleureusement remercié à propos de la chatte, il se souvient tout d'un coup qu'il voulait me demander autre chose : il doit empaqueter une boîte de chocolats pour sa grand-tante et mon rouleau de scotch lui serait bien utile.

— J'ai travaillé dans une librairie à Noël, je suis devenu expert en paquets cadeaux ; j'étais même drôlement doué pour friser le bolduc.

ET C'EST UNE NOUVELLE
NUIT BLANCHE
QUI S'ANNONCE.

JE SUIS SEULE DANS LE LIT avec toutes ces
rondeurs féminines auxquelles mon mari ne s'intéresse plus. Je secoue la couette et empile les quatre
oreillers que je dispose comme une muraille entre
mon époux absent et moi. Le lit conjugal est un
océan gris et tumultueux où je me débats du soir au
matin et brûle de langueur la nuit entière. J'aimerais sentir les contours d'un autre corps contre le
mien, mais je refuse de me torturer à la pensée
qu'une certaine poitrine se soulève à un rythme
régulier dans la rue adjacente. Je tire l'édredon sur
ma tête et demeure allongée, les bras le long du
corps, les yeux fixes dans le noir.

Peut-être un film pourrait-il me distraire si je
prenais le temps d'explorer l'étagère. Je finis par
tomber sur un DVD où il est question d'un miracle
et d'un bébé qu'une fille de joie abandonne dans
son couffin sur le lit du père. Les personnages se
montrent peu causants mais leurs visages sont

expressifs et les séquences suffisamment longues pour qu'on puisse étudier en détail le papier peint arraché ou les fissures d'un mur. Mes paupières se ferment un instant et quand je les rouvre, le papa du bébé dévore à pleines dents un sandwich aux œufs durs. Comme le sommeil m'échappe, je descends me préparer deux toasts et du thé à la cuisine. En attendant que l'eau bouille, une lubie me prend : je vais faire du pâté ; je feuillette des livres de cuisine. Après une brève immersion dans le congélateur, je trouve du foie de volaille. Le temps qu'il dégèle sur la paillasse de l'évier, je regarde *le Septième Sceau.* Mais je n'attends pas la fin pour retourner hacher des oignons et passer le foie à la moulinette.

Alors que le pâté cuit au four, je me mets à nettoyer les placards de la cuisine. J'y découvre tout un stock de purée de tomates bio, davantage de sortes de pâtes que je ne croyais en disposer et enfin trois paquets de riz perlé tout au fond d'une étagère. Sur le paquet figure la recette d'une bouillie aux fruits secs que j'envisage aussitôt de préparer pour le petit déjeuner des enfants. Le rangement des placards terminé, je décroche les rideaux pour nettoyer le tour de la fenêtre. Si nous avions possédé de l'argenterie, je l'aurais sûrement astiquée aussi.

À deux heures du matin, l'envie d'entendre la

voix de mon mari me prend soudain. Rien n'indique à son intonation qu'il est surpris par mon appel.

— Est-ce que tu savais que les cygnes ne divorcent pas ?

— Nous ne sommes pas des cygnes, répond-il.

Bref moment de silence à l'appareil.

— Il faut dormir, dit-il enfin.

— Je ne peux pas.

— Prends une tisane à la camomille.

— Ce que je trouve le plus dur, c'est que l'avenir sera différent de ce que j'avais cru. Tu ne seras pas près de moi, mais quelque part ailleurs.

— Tu es ma meilleure amie.

— Je ne veux pas être ton amie.

— Je serais très gentil avec toi.

— Non, c'est trop difficile.

— Jamais je n'aurais pu vivre onze ans avec une femme si elle n'avait pas été merveilleuse... Mais j'avais cessé de grandir en tant que personne.

Quand je pose la tête sur l'oreiller, la fenêtre se met à claquer, désespérément, comme le battement d'ailes d'un oiseau pris au piège.

Je me laisse couler sous la couette, trop épuisée pour souffrir plus longtemps. Pendant la nuit, mon fils, poursuivi en rêve par un ver de terre, me rejoint dans mon lit. Il s'agite un moment, gigote et donne des coups de pied, mais je lui caresse la joue jusqu'à ce qu'il s'endorme. Après quoi je veille en contemplant cette merveille de la création.

Il me faut parfois expliquer aux gens quel double bonheur c'est d'avoir des jumeaux.

Je n'attends pas
qu'il fasse
grand jour
pour rassembler des vêtements chauds, des casse-croûte et les enfants, car nous partons faire un tour hors de la ville. En prenant la route sans tarder, nous arriverons à destination avec un semblant de lumière et aurons devant nous toute une journée d'environ trois heures à la campagne. Je coupe des tranches de viande, prends le pâté préparé cette nuit, de la confiture de groseille, des biscuits et je fourre le tout dans un sac avec des briquettes de jus de pomme. Pendant que les jumeaux, assis en pyjama, feuillettent leurs albums, je casse une tablette de chocolat dans une casserole, y verse du lait et remue le mélange. Puis je remplis une thermos de chocolat chaud et j'appelle les enfants.

— Si on allait à la campagne ?

J'ai hâte de prendre la route ; maman est bien capable d'en avoir l'intuition et de m'appeler pour savoir si j'ai écouté les prévisions météo, si je tiens vraiment à mettre ma vie et celle des enfants en danger. « Tu pourrais rester bloquée une semaine entière », dirait-elle. Puis elle me demanderait des nouvelles de Flóki. « Il travaille aussi le dimanche ? »

Emmitouflés dans des vêtements chauds, les petits descendent à ma suite l'escalier obscur en se cramponnant à la rampe. Dans la pâle lueur rose de janvier, ils escaladent leur siège bébé, une chatte n'y retrouverait pas ses petits. Probable que mon mari viendra bientôt chercher une chemise propre. Dans l'appartement sombre et désert, il ne trouvera sur la table de la cuisine aucun message griffonné. Impossible de me joindre, mon mobile sera éteint ou hors de portée des antennes relais. En marche arrière pour sortir du parking, la dernière chose visible est la guirlande clignotante à l'entresol.

J'enclenche le chauffage. Il faut compter deux heures de route de montagne sous un crachin gris pour parvenir à destination. Longtemps, on ne croise aucune voiture.

— Bambi chanter, dit mon fils.

Je glisse un CD de chansons pour enfants dans le lecteur, et des notes claires aussitôt s'élèvent de la banquette arrière. Mon fils apprend vite les airs de sa belle voix. Nous avons remarqué qu'il parvient même à chanter des textes assez compliqués. Je devrais peut-être l'inscrire sur la liste d'attente pour qu'il apprenne à jouer d'un instrument.

Le violoncelle par exemple.

La visibilité est quasiment nulle mais je ne quitte pas la route des yeux ni les bornes phosphorescentes. Il y a de toute façon peu de choses à tirer de la nature grandiose dans l'obscurité persistante qui remplit tous les recoins du monde. Je connais par ouï-dire l'existence des volcans environnants prêts à entrer en éruption à tout moment et celle des rivières glaciaires qui inondent les sables. C'est à peine si l'île émerge de l'océan, petite motte de terre noire sous les nuages sombres. Les voix se sont tues sur le siège arrière, les chanteurs ont clos leurs paupières dans la voiture bien chauffée.

Je ne me souviens pas d'être allée à notre maison de campagne en plein hiver depuis la naissance des enfants. Flóki y faisait parfois seul une virée d'inspection ; de temps à autre, il s'y rendait pour travailler en paix à quelque projet. Assez souvent alors, il téléphonait tard le soir pour dire qu'il avait la flemme de rentrer en ville dans le noir et qu'il allait passer la nuit dans notre chalet d'été.

Je traverse trois villages illuminés, passe devant le parc d'un concessionnaire de voitures, une grue ornée de guirlandes lumineuses, un supermarché au bord de la route, et puis c'est le sombre champ de lave et la présence invisible de l'océan tout près. J'approche de ma destination lorsqu'une aube rose se devine enfin à travers le brouillard neigeux.

Juste au moment de bifurquer, le soleil arctique

monte à la surface de l'île, orange sanguine roulant par-dessus le champ de lave. Trois chevaux hirsutes se tiennent immobiles près de la barrière quand je sors l'ouvrir. Je m'arrête là où les ornières prennent fin, là où la route s'achève. On distingue le chalet ; au-delà, la rivière glaciaire, grise de limons, bruisse. Tout se fond dans la blancheur. Les enfants ne bronchent pas quand je coupe le contact.

JE LES LAISSE
DORMIR

DANS LA VOITURE surchauffée pendant que
j'effectue une brève expédition de reconnaissance
en descendant au pas de course les cent mètres qui
me séparent de la rivière, histoire de secouer le
frisson qui m'a saisie au sortir de l'habitacle bien
chaud. Je serai revenue auprès de mes enfants avant
d'avoir pu leur manquer. Et puisque je n'en ai que
pour une minute, je laisse la doudoune en duvet que
Flóki m'a offerte pour Noël.

J'aspire l'air froid ; la dernière fois que je suis
passée par ici, c'était l'été. Difficile de retrouver
mes points de repère, toutes les cuvettes et creux de
lave sont remplis de neige, mais je peux jurer de
l'existence de bruyères et de myrtilles gelées sous la
blanche couverture, il y a aussi quelque part un
ancien carré de pommes de terre et des plants de
rhubarbe. Les conditions sont idéales pour se casser
une jambe au milieu de ce champ de lave hérissé et
déchiqueté, mais j'opte pour un détour en me
gardant bien des crevasses. Dans un instant, je

retournerai vers mes enfants.

Me voilà soudain face à la rivière glaciaire. Je m'en rapproche – si près que le bout de mes pieds dépasse à présent du bord –, scrutant la brume givrée qui s'étend au-dessus de l'eau glaciale au cours presque figé. La berge est jonchée de blocs arrachés par la rivière au front du glacier. Ici, personne ne me voit, personne ne sait que j'existe.

Et si les jumeaux se réveillaient et s'apercevaient que leur mère s'est perdue dans la brume qui recouvre la rivière, comme tant d'aïeules l'ont fait, laissant des enfants derrière elles, disparaissant sans laisser de traces, au cours de quelque errance entre les fermes ? Ce n'est pourtant pas comme si j'avais eu l'idée de me coucher dans la tourbe gelée pour y fermer les yeux, l'herbe roide craquant sous ma nuque.

Le garçon vite en pleurs appellerait sa maman tandis que sa sœur trouverait bien le moyen de se détacher du siège bébé et sortir du véhicule par ses propres moyens. Elle arpenterait un bout de chemin à ma recherche et finirait par s'enfoncer jusqu'aux genoux dans une congère pour elle infranchissable, elle s'y coucherait et gémirait un moment en appelant sa mère. Et puis elle s'endormirait. Peut-être entendrait-on le pépiement d'un bruant des neiges ou le gargouillement d'une perdrix au plumage d'hiver immaculé s'élever de la blanche étendue ; un instant surprise, l'enfant cesserait de pleurer pour écouter, parce que le monde est sans cesse nouveau et provoque l'étonnement. Peu à peu le petit corps s'engourdirait et se refroidirait. J'entrevois également la possibilité que tous les deux s'extraient tant bien que mal de leur siège et que, main dans la main, petit frère et petite sœur parviennent soudain à la rivière dans leurs petites bottes. Quand leur papa, recouvrant ses esprits, se souvient enfin de l'existence des enfants, on a déjà trouvé une petite moufle sur la berge de la rivière ; les recherches se poursuivent, à bord de bateaux, avec des projecteurs.

Combien de temps faudra-t-il à Flóki pour que nous lui manquions, les enfants et moi ?

Incapable de maîtriser mes pensées, j'imagine mes enfants dans deux petits cercueils blancs, comme des poupées de porcelaine endimanchées ; Flóki avait justement acheté un nœud papillon à son fils pour Noël. Sa fille avec ses anglaises brunes et le petit frère avec ses boucles blondes, chacun aura son animal en peluche préféré contre lui lorsqu'ils disparaîtront sous le couvercle du cercueil. J'agrandis chaque détail comme une image projetée sur écran géant, les vis dorées et chaque pétale de rose blanche – sur lequel brillent de minuscules gouttes de rosée – tout est mis en valeur isolément. Oh, comment cela a-t-il pu arriver ? À moi qui avait la charge de veiller sur mes enfants ? La perte d'un mari n'est que futilité sans importance, comparé à la souffrance de perdre un enfant.

C'est alors qu'il se dresse soudain devant moi, l'animal des pistes, le renard tout blanc comme la terre alentour. Immobile à quelques mètres, il me regarde et je le regarde aussi, puis goupil tourne les talons et je suis des yeux les zigzags qui l'éloignent sur la terre gelée.

LES ENFANTS
SE RÉVEILLENT
DÈS QUE J'OUVRE
LA PORTIÈRE. Ils ont les joues rouges et je vois au
tableau de bord que cela m'a pris un quart d'heure
pour faire l'aller et retour à la rivière au pas de
course. Je les soulève de leur siège et les mène à
travers la neige jusqu'à la maison en lisière du
champ de lave, là où la coulée de feu s'est jadis
arrêtée. Le brouillard neigeux se déchire soudain,
ouvrant un trou bleu dans le ciel gris. Un instant,
les deux petits bouleaux que nous avons plantés à la
naissance des enfants sont baignés d'un rayon de
soleil. Je mets un certain temps à trouver la bonne
clef dans le trousseau. À l'intérieur du chalet froid
et humide, je ne leur ôte pas tout de suite leur
bonnet. Les jumeaux étonnés inspectent les lieux,
d'abord le salon, puis la chambre où leurs lits
jouxtent le nôtre. Ils ne s'y reconnaissent pas
aussitôt. Il y a si longtemps que nous n'étions
venus, presque la moitié de leur vie ; mais ils retrouvent des joujoux dans un carton, y fouillent un

moment et extirpent les harmonicas offerts par leur grand-père. L'existence de ces instruments les ébahit. Ils tiennent un conciliabule ; j'observe à leur expression que le voile estompant les souvenirs se lève et que les images leur reviennent. L'instant d'après, des sons discordants retentissent dans la maison : mon fils fait de la musique. On dirait presque une mélodie. Les notes font corps ; Björn junior est en train de composer un air. Mais il pose l'instrument et regarde autour de lui :

— Où est mon papa ? demande-t-il.

— Papa travailler, lui répond sa sœur en l'entourant de ses bras.

— Je veux mon papa, dit le petit qui pour la première fois en quarante-huit heures mentionne spontanément son père.

— Il va rentrer bientôt, dis-je.

— D'où vient la rivière ? s'étonne ma fille, debout sur une chaise à la fenêtre.

Je vais chercher le casse-croûte dans la voiture, puis j'allume un feu dans la cheminée. Les enfants m'aident en tendant chacun son bout de bois que je fourre dans le brasier. Assis sur le plancher, ils construisent des tours avec les petites bûches.

— La mienne est plus grande que Bambi, dit ma fille.

Autour de la table où nous prenons place, je leur donne à chacun une tartine de pâté. Nous entendons alors distinctement deux coups de feu. Les enfants, tout ouïe, cessent de porter le pain à leur bouche.

Mon fils se protège les oreilles et ma fille met les mains devant ses yeux.

— Tout va bien, dis-je, en me levant pour essuyer la buée de la fenêtre avec la manche de mon pull et scruter les environs.

Mais je ne discerne aucun mouvement humain dans ces étendues sans repères. Deux autres détonations suivent, puis c'est le silence absolu.

— Tout va bien, dis-je encore en souriant aux enfants tandis que je verse le chocolat chaud dans les verres.

Nous recommençons à manger notre goûter quand on frappe des coups sourds à la porte. Les enfants sautent de leur chaise pour me rejoindre en un clin d'œil. Ils se pressent contre moi, cherchant de leurs petites mains un point d'ancrage où s'agripper, leur visage enfoui dans les torsades de mon pull-over. Je les prends sous mon aile comme des poussins et me dirige vers la porte.

L'homme se tient
sur le perron
juste sous
les dents de glace qui pendent de l'auvent.
Il tient d'une main son fusil par le canon et de
l'autre le renard blanc, ensanglanté, celui-là même
que j'ai regardé dans les yeux trois quarts d'heure
auparavant.

— J'ai vu de la lumière et la voiture, dit-il en
jetant le renard sanguinolent sur les marches.

Il pose son fusil, s'essuie les pieds et franchit le
seuil.

— Il n'y a pas grand monde sur les routes à cette
époque de l'année, dit-il en me tendant la main et
en hochant la tête dans la direction des enfants.

Hésitants et curieux, ceux-ci n'opposent aucune
objection à cette visite. Je les garde à leur place sous
mon aile, bien décidée à ne pas les laisser s'acoqui-
ner avec un porteur d'arme à feu. La petite jette
un coup d'œil à travers ses doigts à la dépouille
sanglante qui gît par terre.

— Vous ne vous souvenez pas de moi? Hreinn,

le plombier. J'ai fait des travaux chez vous cet automne. Je n'ai pas oublié votre carrelage, un motif audacieux, très spécial, ajoute-t-il.

Le visiteur aux yeux d'un bleu glacé de lac de montagne déclare être chasseur de renards, séjourner dans un chalet voisin du champ de lave et avoir abattu cet hiver vingt-quatre de ces animaux, en comptant celui-ci.

— Je le suis depuis hier, m'apprend-il avant de réclamer un café avec du sucre.

Alors qu'il s'assied à la table, je lui présente mes enfants.

— Bergthóra et Björn.

Ces derniers, qui viennent d'apprendre à dire bonjour en serrant la main, tendent leurs petits bras.

Il dit qu'il tire aussi sur tous les prédateurs : labbe parasite, mouette, goéland, corbeau.

— Corbeau gentil, dit mon fils.

Je sors une nouvelle tasse et cherche en vain du café de l'été dernier dans le placard.

— Du thé Lipton fera aussi bien l'affaire !

Pendant que je fais chauffer de l'eau, il sort une boîte en alu de son sac à dos.

— Je mets mon casse-croûte avec le vôtre.

Sa boîte est remplie de beignets. Il les dispose à côté des tartines de pâté sur l'assiette qu'il pousse vers nous, la trinité familiale assise en brochette face à lui.

— María et ses enfants, constate-t-il, et il nous contemple en hochant la tête.

Silencieux, le nez au bord de la table, les jumeaux observent le visiteur qui, sans parler davantage, semble considérer les mesures et proportions du chalet sous tous ses angles, comme si on avait de nouveau fait appel à lui pour remettre en état la salle de bains.

— C'est la patronne qui a fait les beignets, dit-il, extirpant de sa poche une flasque d'alcool dont il verse une goulée dans la tasse.

Dans un coin, il y a une bibliothèque et voilà que le chasseur bondit soudain pour ouvrir en grand les portes du meuble. Nous le voyons caresser de sa grosse paluche le dos des livres sur trois étagères, il se donne la peine de remettre à l'alignement ceux qui font saillie. Puis il se penche, les paumes en appui sur les genoux et la tête inclinée de côté pour étudier les titres.

Je lui demande s'il aime la littérature.

— Non, je m'intéresse plus aux bouquins qu'à la littérature, dit-il.

J'apprends qu'il est amateur de reliure. Des livres, il en a relié en toutes sortes de peaux, le plus souvent celles des bêtes qu'il a chassées, notamment de vison et de renard, mais aussi de saumon. Il empaille aussi les animaux à ses moments perdus au fond de son

garage et les stocke dans son chalet à la lisière du
champ de lave parce que sa femme prétend que ce
sont des nids à poussière ; il possède une tête de
renne naturalisée, des perdrix, une chouette des
neiges, ainsi qu'une peau d'ours blanc. Il se targue
d'avoir participé à des safaris à l'étranger. Parmi ses
trophées, on trouve un lion abattu d'une balle entre
les deux yeux, mais aussi un singe, un zèbre, une
girafe et une antilope. Il a d'ailleurs lui-même relié
en peau d'antilope un roman policier de l'un des
auteurs les plus connus du pays. L'anecdote me
ramène à Perla.

Se rend-il à son chalet pour être seul, en paix avec
lui-même, ou bien y rejoint-il une maîtresse alanguie
sur la peau d'ours blanc devant la cheminée ?

Je m'étonne de n'être pas venue plus souvent ici,
au bord de la rivière, avec Flóki. Sans doute parce
qu'une union se nourrit aussi de tout ce qui
demeure inaccompli, tout ce qu'il reste à faire
ensemble. Les enfants étaient encore petits et il
aurait été difficile de crapahuter avec eux dans la
rocaille et les éboulis, et nous devions faire encore
tant de voyages, rien que tous les deux, plus tard.

— Faut croire que je prends un peu trop de place
à la maison, dit notre visiteur.

Il a sorti un livre de la bibliothèque, le tourne et
le retourne, s'attardant sur les mots, comme au
bord d'un aveu. Quelque chose, manifestement,

le préoccupe. Il apparaît que le chasseur de renards a publié un recueil de poèmes.

— J'avais alors trente-trois ans, mais ce n'est rien de plus qu'une erreur de jeunesse, qu'il vaut mieux passer sous silence.

Je lui demande quel est le titre du recueil. Il s'intitule *Histoires d'animaux empaillés*.

Il se tait un moment, observant son reflet sur la vitre ; le jour s'assombrit à nouveau, le champ de lave brille faiblement d'un bleu luisant. J'ai hâte de repartir tant qu'un peu de clarté permet de s'y reconnaître. Et puis j'ai promis aux enfants de les laisser faire de la luge sur la butte près du chalet.

— C'était vraiment une erreur de publier ce bouquin, dit-il en buvant une gorgée.

Cela me rappelle la femme de lettres de l'entresol.

— De quoi parle votre livre de poèmes ?

Il m'explique l'avoir divisé en trois parties.

— La première faisait le bilan d'un certain chapitre de ma vie et traitait des événements marquants de ma jeunesse. Le problème, c'est que mes deux sœurs aînées qui estiment avoir un copyright exclusif sur notre enfance ont décidé une fois pour toutes de ce qu'elle avait pu être. Elles sont toutes deux mariées à présent et elles ont mal pris mes allusions à leurs aventures amoureuses de cette époque.

La deuxième partie traitait de la chasse et la troisième de l'éternité.

— Bien sûr qu'on songe à l'éternité, comme tout un chacun. Seule Elsa ne comprend pas ça.

Je ne cherche pas à savoir si Elsa est sa femme ou sa sœur.

Il secoue la tête et dit qu'aujourd'hui, onze ans plus tard, le recueil de poèmes demeure pour lui une énigme insondable. Comme s'il était l'œuvre de quelqu'un d'autre.

— « Les larmes surgissent comme des cristaux », voilà par exemple une phrase que je n'écrirais plus aujourd'hui.

Il considère cependant que s'il n'était pas devenu plombier, il aurait probablement été poète.

— Il y a tant de choses dans la vie qui vous prennent au dépourvu. Elsa par exemple. Je comptais en épouser une autre, mais qui s'est mariée ailleurs. Maintenant Elsa prétend qu'au départ, c'est elle qui avait l'intention d'en épouser un autre.

Les enfants gardent le silence, bouche bée, et ne perdent pas une miette de la conversation. Chacun tient son beignet à la main.

— Quand l'éternité est en vue, c'est facile de perdre la boussole, assure le plombier, le regard tourné vers la rivière qui se remplit de ténèbres.

Je pressens que la visite tire à sa fin et je me lève

pour raccompagner le visiteur à la porte. Il se souvient alors qu'il a dans son sac à dos un exemplaire qu'il vend à mille quatre cents couronnes pièce.

— C'est ma sœur qui a fait la couverture.

Je vais chercher l'argent et il me tend l'exemplaire dédicacé ; sur la page de garde est écrit : Avec les cordiales salutations de Hreinn Rögnvaldsson, et entre parenthèses : plombier et ex-poète.

Son fusil en bandoulière et la main en visière, il inspecte la contrée ; l'ombre s'étend sur la neige verglacée sans que le jour ait pu vraiment s'épanouir. Le poète lève le renard taché de sang au niveau de mon visage.

— Le blanc va bien avec les cheveux bruns, dit-il en rabattant lentement son bras et la bête ensanglantée.

Puis il hésite. Les enfants commencent à s'agiter derrière moi.

— Je voulais aussi vous signaler qu'il y a un bal campagnard ce soir. Quand je vous ai vue au bord de la rivière, il m'a semblé tout indiqué que nous y allions ensemble pour trois petits tours de danse. Mais puisque vous êtes là avec les gosses, c'est sûr que c'est raté, dit-il, l'air sombre. On ne les voyait pas à la jumelle, ajoute-t-il avant d'avaler une lampée.

Je lui explique que je faisais seulement une

courte visite d'inspection et que nous allons bientôt reprendre la route pour la ville.

— Oui, je me doute que vous n'allez pas dégotter une baby-sitter dans ces parages inhabités.

Puis il m'apprend que les prévisions météo sont mauvaises. L'embranchement risque même de devenir impraticable dans la soirée.

— J'ai pensé que vous n'aimeriez pas vous retrouver bloquée au milieu de la lande, seule avec les enfants en pleine tempête de neige hurlante et sifflante. La nuit risque d'être froide, moins quatorze degrés sur les routes de montagne.

Et il balance la bête sur son épaule. De la plaie s'écoule un petit filet de sang sur la glace bleutée. Je remarque que notre visiteur ne marche pas droit devant lui, mais suit la piste en zigzag de l'animal.

Nous faisons
quatre remontées
avec la luge, en pataugeant dans la neige
jusqu'en haut de la butte, dans la gadoue froide, en
compétition avec la clarté décroissante. Dans très
peu de temps toutes les ombres vont se rassembler
et le rouge soleil arctique roulera derrière la
montagne noire. Frère et sœur partagent la même
luge et font la culbute à chaque descente.

Je reconnais l'endroit, juste à côté de la butte
caillouteuse, là où brillent quelques brins de
chaume jauni dépassant de la congère. Flóki y avait
pris la photo des enfants et de moi qu'il garde dans
son portefeuille. C'était vers la fin août et nous
étions partis aux myrtilles avec les jumeaux.
Chacun avec son gobelet en plastique, ils étaient
assis sur une bosse moussue. La petite arrivait à
coincer les baies entre le pouce et l'index et à en
cueillir ainsi quelques-unes, à demi écrasées dans
son récipient, mais le petit avait encore du mal à
exécuter des gestes fins. Je suis assise entre les
jumeaux, en robe bleue ; la chaleur est inhabituelle

et les enfants sont légèrement vêtus, mon fils suce sa tétine et s'appuie contre moi, ma fille, elle, est captée en plein élan, prête à sortir du cadre, la bouche toute bleue de jus de myrtille. Je souris au photographe, mon mari depuis dix ans. Puis je m'allonge, les yeux mi-clos, un brin de paille à la bouche, le soleil sur les paupières, dans le parfum de l'herbe aux ombres mouvantes. Et là, un grand frisson me parcourt tout le corps. Mon mari prend ensuite un autre cliché, de moi seule dans ma robe bleue ; c'est la photo qui trône sur son bureau, au travail. Il avait piqué des myosotis dans mes cheveux ; le vent venait de se lever et d'une main je maintenais en riant le bas de ma robe.

J'extrais le portable de la poche de ma doudoune et, comme par miracle, le réseau fonctionne. Il n'est pas invraisemblable qu'il ait déjà eu vent de notre disparition ; sans doute se tient-il, désespéré, au milieu de la cuisine, dans l'appartement vide. Il a sûrement déjà téléphoné à ma mère et même à tous nos amis. La belle-mère et le gendre sont probablement attablés face à face, délibérant pour savoir s'ils doivent alerter la police. Ou les secours. Mon mari se rend-il compte que l'abandonnée pourrait disparaître de la scène ?

Au bout de cinq sonneries, il répond. Sa voix est rauque comme si je l'avais réveillé.

Je vais droit au but : a-t-il toujours la photo de

moi avec les enfants dans son portefeuille ? Suit un silence, comme si la connexion avait été interrompue, puis il répond qu'il a toujours la photo. Je lui demande alors s'il est bien sûr de lui, s'il a vraiment réfléchi, ou s'il est encore possible qu'il revienne ? Cela me fait penser à Perla et l'idée me vient qu'il eût fallu formuler la chose autrement, j'aurais plutôt dû lui demander si son homosexualité était profonde et irrévocable. Ou bien si elle lui passerait.

Le silence se prolonge péniblement, comme s'il n'était plus au bout du fil. Et puis je l'entends discuter à voix basse. Ça prend un peu de temps, comme s'il s'entretenait avec quelqu'un, la main sur le combiné.

— Je ne pouvais plus mener une double vie, me dit-il enfin.

La liaison est mauvaise et les mots se perdent, je n'en distingue qu'une partie. Il entend les jumeaux et demande si je suis dans le jardin. Il ne semble pas être passé par la maison pour prendre une chemise.

— Tu as le souffle court, dit-il.

Au timbre de sa voix il me paraît soucieux. Le soupçon l'effleure-t-il que je me suis lancée avec ses uniques enfants dans une équipée hasardeuse au plus fort de l'hiver, dans le noir complet au milieu de la tempête, par une route qui n'est qu'une entaille dans la montagne, à pic par endroits et où l'on ne distingue rien d'une borne à l'autre ?

— Je ne peux pas jurer que je ne changerai jamais d'avis. Il est toutefois probable que si ce n'est plus Flóki Karl, ce sera quelqu'un d'autre.

— Tu ne crains pas d'avoir pris une mauvaise décision ?

— On ne peut pas savoir avant de l'avoir prise.

Il baisse la voix.

— Je ne suis pas seul, je te parlerai plus tard.

Il me reste encore une petite chose qui me pèse sur le cœur.

— Flóki était-il avec toi quand tu allais passer le week-end au chalet d'été ?

— Oui, c'est arrivé.

Je coupe sans dire au revoir et enfonce le téléphone dans ma poche. Nos affaires rassemblées en vitesse sont aussitôt casées dans la voiture.

Nous nous engageons dans l'embranchement, les montagnes noir d'encre ne vont pas tarder à nous encercler. J'arrête la voiture près des chevaux pour permettre aux jumeaux de caresser les bêtes chevelues. Les trois juments se tiennent immobiles, serrées les unes contre les autres, tandis que je soulève d'abord la petite, puis le garçon pour qu'ils puissent leur passer la main sur la crinière et leur tapoter le bout du nez. Ensuite j'introduis un disque dans le lecteur de CD ; c'est l'histoire de l'elfe Áslákur et de sa sœur jumelle Álfbjört qui ont emprunté des chaussons à une fille de la campagne. Au pied de la montagne, le vent secoue la voiture par rafales. Sur la banquette arrière, frère et sœur écoutent la voix féminine hypnotique tandis que leur mère s'applique à franchir sans dommages le col de la montagne.

Qu'est-ce qui a bien pu me passer par la tête pour quitter ainsi la ville avec les enfants?

Quand j'approche du haut de la lande, une bourrasque sombre s'abat sur la voiture, comme l'aile d'un oiseau géant disparu il y a longtemps; on se croirait balloté au cœur blafard d'un sac en plastique; impossible de distinguer le haut et le bas de l'univers, ce qui est devant, ce qui est derrière. La route a disparu et il ne me reste qu'à m'arrêter sur le bas-côté dans l'espoir d'une éclaircie, d'apercevoir une aile blanche descendue d'un nuage, une étoile étonnamment brillante qui nous montre le chemin. En attendant, nous écoutons la grêle tambouriner comme des haricots secs sur le toit de la voiture. Je me retourne et souris aux enfants avant d'allumer la radio. On y diffuse une mise en garde contre la tempête, mieux vaut éviter les déplacements; en montagne, une rafale de vent a balayé une voiture hors de la route, des sauveteurs recherchent un homme et un cheval. Puis le présentateur lance une plage musicale: un tango finlandais. Quand une brèche s'ouvre enfin dans la voûte céleste, le voyage peut reprendre. Au bout de deux heures de route, j'aperçois la lueur scintillante des lumières de la ville. Mon époux habite dans le même quartier mais je résiste à la tentation de passer devant la maison de son amant.

Le réfrigérateur
déborde

DE NOURRITURE après les fêtes. Je constate que nous avons des langoustines que je rends à la chaleur ambiante.

— On mangera des langoustines ce soir, dis-je. Maman va les faire cuire.

Reste à savoir si je proposerai comme dessert de la glace maison à la framboise.

J'installe les enfants devant la télé, insère *les Frères cœur-de-lion* dans le lecteur et noue mon tablier avant de commencer à casser les pinces.

Pour faire de la bonne cuisine, un couteau bien affûté est essentiel. Mon mari m'en a offert un jour tout un jeu. Je ne comprends vraiment pas ce qui s'est passé, comment j'ai manié l'instrument fraîchement aiguisé, toujours est-il que du sang coule soudain de mon doigt et dégouline sur le carrelage de la cuisine. Je m'abstiens de goûter à l'essence de mon être et vais chercher du sparadrap. Le temps de m'emmailloter le doigt le mieux possible pour que le sang ne traverse pas, et je reprends le cours de ma préparation. Je suis en train d'écraser de l'ail quand j'entends une clef tourner dans la serrure de la porte d'entrée. Mon époux fait son apparition après deux jours d'absence. Les enfants bondissent et courent à sa rencontre. Par la porte de la cuisine entrebâillée, je l'observe qui se penche pour les soulever et les serrer contre lui. Toujours à ma planche à découper, je finis de décortiquer les lan-goustines et mets du beurre à fondre dans la poêle brûlante. J'entends les enfants rire dans le salon.

Lorsqu'il passe la tête dans l'embrasure, sa fille sur le bras, il me dit qu'il s'est fait du souci après notre conversation téléphonique. Ma voix avait une résonnance étrange, comme venue de loin, très loin. Aussi a-t-il voulu s'assurer que tout allait bien pour les jumeaux et moi.

Je lui tourne le dos, d'abord parce que je suis occupée, surtout parce que j'ignore les mots adaptés à cette distance inédite entre nous.

Puis je me retourne, le coutelas à la main.

La façon dont il est habillé me prend au dépourvu : une chemise rouge vif sous une veste en cuir, comme un oiseau au poitrail maculé de sang caillé. Il a l'air fatigué mais heureux.

— J'ai fait un tour au chalet d'été.

Il me regarde, incrédule.

— Tu y es allée toute seule ?

— Non, avec les jumeaux.

— Tu as emmené les enfants ?

— Oui, on est allés à la campagne.

Je pourrais faire mousser bien plus notre odyssée au cœur de l'hiver et lui avouer qu'à un moment j'ai perdu tout repère sur la route dans le noir. Que j'aurais pu finir les roues en l'air dans une ravine avec ses deux enfants sur la banquette arrière. Je m'attends à ce qu'il fronce les sourcils et me dise que je suis irresponsable, que pareil comportement est inacceptable, mais ce n'est pas sa manière de formuler les choses, d'ailleurs il n'a pas l'intention de faire la leçon à sa femme. Mon mari vient simplement chercher des vêtements, on l'attend et il ne peut s'attarder.

Je devine que l'amant patiente dans la voiture bien chauffée, qu'il lève peut-être un regard soucieux vers les fenêtres éclairées parce qu'il redoute que Flóki ne change encore d'inclination sexuelle et ne décide de rester.

Je monte à la suite de mon époux vers la chambre à coucher ; aussitôt, les enfants nous emboîtent le pas dans l'escalier. Pour ajourner son départ, je me poste devant la porte, avec tout contre moi, un de chaque côté, les enfants que j'étreins ; c'est ainsi que je bloque la sortie à mon mari. Je ne le laisserai pas passer avant d'avoir mis au clair quelques points. Il bavarde avec les jumeaux tout en extrayant de la penderie une chemise voyante après l'autre, y compris la rose pâle et la rose plus soutenu, avant de les déposer sur le lit. Je note ce goût nouveau pour les couleurs insolites. Tout en me tenant à l'œil, il ne me regarde pas directement.

Je lui dis comme c'est incroyable de le voir concocter des plans d'avenir sans moi, que tout puisse s'envisager désormais loin de moi ; incroyable qu'il soit plein d'espoir et de confiance, comptant bien se la couler douce ainsi jusqu'à la fin de ses jours.

Les enfants nous considèrent à tour de rôle, essayant de percer le sens de nos échanges.

— Je ne t'appartiens pas, dit-il, pas plus que tu ne m'appartiens. Il ne faut pas nous confondre.

Je ne me laisse pas démonter.

— De sorte que dorénavant nous n'éprouverons plus ensemble ce que vivent nos enfants ?

— Je continuerai à m'occuper d'eux, tout comme toi.

— Mais pas avec moi ?

— Non, pas avec toi.

— C'est donc juste une question de préposition.

— Je saurai parfaitement être un bon père même si nous n'habitons pas sous le même toit.

Je perds mon sang-froid.

— Tu vas me laisser affronter seule leurs problèmes d'ados, l'âge ingrat et ses phases contestataires, leurs fluctuations hormonales, l'humeur qui va avec, et leurs grasses matinées sans fin ? Quand ils n'auront qu'une envie, foutre le camp, quand tout ce qui les rassurait sera ressenti comme un obstacle et qu'ils claqueront la porte pour la première fois, quand on leur posera des bagues aux dents ? Tu ne seras pas là quand ils commenceront à développer une pensée abstraite ?

— Ils ont deux ans.

— Oui, mais quand ça viendra...

— Ce n'est pas forcément pire de divorcer quand les enfants sont petits, ils s'adaptent plus vite aux nouvelles circonstances. Ils auront deux foyers. Sans compter que tu ne seras pas nécessairement seule quand arrivera la phase d'opposition, il se passera au minimum dix années d'ici là.

Je n'ai pas encore totalement vidé mon sac.

— Et qui va leur expliquer les racines carrées, les protons, les cosinus et les nombres complexes ?

Il me regarde d'un air dubitatif, comme s'il se demandait si je parle par allégories.

— Leurs profs ! Et je ne suis pas mort. J'habite dans la rue d'à côté. Je pourrai leur expliquer la différence entre nuage et brouillard, même divorcé, si c'est ce que tu veux savoir.

Je le suis dans la salle de bains, les enfants nous courent après.

Il allume son rasoir électrique et le fait glisser le long de sa mâchoire, en remontant vers les demi-pattes, puis sur la lèvre supérieure. Il fourre ensuite l'appareil dans un sac et d'un geste évacue savon à raser, lames de rasoir et after-shave de son étagère du placard. Je remarque qu'il ne porte plus d'alliance. Nous descendons tous les trois l'escalier à sa suite, les enfants trottinent pour ne pas être semés.

— Je déménage chez Flóki. Tu peux garder l'appartement. Je n'emporte que quelques objets personnels.

Qu'entend-il par objets personnels ? Les albums de photos ? Va-t-il réclamer celles de notre voyage de noces, quand nous avons campé dans une vallée déserte ? Celle qu'il a prise de moi sous un arc-en-ciel, et cette autre que j'ai prise de lui, avec deux cygnes devant un lac ? Dans ma ligne de mire, sur la commode, il y a des photos en couleurs de la famille, dont une de nous deux sans enfants, en vacances sur un autre continent ; une autre où il porte les jumeaux, un sur chaque bras, une troisième où il me tient en riant dans ses bras. Qui donc a pris cette photo, déjà ?

— Est-ce que Flóki a un grille-pain ?

Il hésite, puis sourit. Je sens bien qu'il n'en mène pas large.

— Oui, il a un grille-pain.

— Et un fer à repasser ?

— Arrête de te torturer, dit-il.

Tout lui paraît normal, y compris d'entendre à quel point je le déteste.

— C'est même compréhensible, si ça t'aide à surmonter ta déception. Il faudra bien pourtant continuer le cours de ta vie.

Dans le couloir, un sac de vêtements au bout de chaque bras, quelque chose semble lui revenir soudain à l'esprit.

— Comme je te le disais, je n'emporte que quelques effets personnels.

— Par exemple ?

Il observe le mur comme si devait s'y ouvrir une brèche par où s'échapper. Je comprends en un éclair.

— Peut-être le lampadaire, dit-il. Celui que maman nous a offert à Noël l'an dernier.

Nous n'avions pas vraiment besoin du lampadaire de ma belle-mère et ce ne fut pas simple de trouver où le caser. Après plusieurs essais en divers endroits, il avait fini par échouer dans la deuxième chambre d'enfant qui sert de débarras. À présent, au terme de onze années de vie commune, c'est à ce luminaire fabriqué en série que mon mari attribue une valeur sentimentale particulière.

L'envie de lui enfoncer une dague dans la poitrine me taraude. Seule la pensée des jumeaux confiés à des inconnus parce que leur mère serait en prison pour homicide me retient de bondir dans la cuisine et m'emparer d'un grand couteau. Si je lui avouais cette envie de lui arracher le cœur, il me dirait : « C'est normal. Au début. Et puis tu t'en remettras. »

— Oui, poursuit-il, j'ai pensé que tu serais contente d'en être débarrassée.

Il sourit aux enfants.

— Tu ne veux pas emporter aussi la panoplie de couteaux que tu m'as offerte ?

Il accuse le coup ; ce n'est pourtant pas comme si je brandissais un moignon sanglant ou pointais sur lui une arme blanche.

— Prends absolument tout ce qui te fait plaisir, dis-je, adossée au chambranle par où il ne pourra guère passer sans me frôler.

— Ça m'embête que tu ressentes mon départ comme une trahison.

Il fait un pas dans le couloir et j'ai un instant l'impression qu'il va m'étreindre.

— Non, dis-je.

Au seuil d'une nouvelle vie, il hésite.

— Je prendrai donc les petits ce week-end, dit-il en passant la main sur sa mâchoire rasée de frais. Je pourrais aussi les emmener à la piscine cette semaine après le jardin d'enfants.

La prochaine fois que mon mari viendra chercher des fringues, je lui demanderai s'il ne veut pas emporter la table de la salle à manger ou le réfrigérateur. Et la perceuse ? Faut-il la classer dans les affaires personnelles ou impersonnelles ?

LES LANGOUSTINES
GISENT
SUR LA TABLE DE LA CUISINE. Je les remets dans le frigo, enfile un pull aux enfants que j'enfourne dans la voiture. Il gèle à pierre fendre et un ruban scintillant vert clair serpente au firmament obscur. Je roule jusqu'au port en passant devant les baleiniers. Au guichet de la station-service, j'extirpe un billet de ma poche et commande deux hot-dogs. Face à nous se dressent des navires en cale sèche, pareils à des animaux préhistoriques ; on est en train de peindre en bleu le pont du *Sigrídur GK*.

Je tends les hot-dogs à l'arrière ; les enfants grimacent sous l'effet de la moutarde, mais ils font tout de même bonne figure. Mon fils écrase la saucisse dans sa main puis se l'enfonce dans la bouche jusqu'à gonfler ses joues. Elle éclate entre les dents de lait et la graisse dégouline sur son menton. Sa sœur lui tend la sienne et, les joues rouges de ketchup, il l'ingurgite sans faire de manières. Je cherche partout une serviette en papier pour essuyer son visage.

— Maman pleurer, dit-il. Bambi câlin maman.

PERLA

NOUS ATTEND

SUR LE PERRON à notre retour.

— J'ai vu que tu étais bouleversée en partant et
que les enfants n'avaient pas mis leur anorak.

Elle entre à notre suite, un carnet dans une main
et trois livres sous le bras.

— Quand je l'attends, personne, et puis il surgit
tout à coup quand je ne l'attends pas.

— Je vois.

— Il était tout changé, sa voix, ses cheveux, ses
habits. Il est en train de devenir un nouvel homme
sans moi, il se transforme avec cet homme et pour
lui. Quand il revenait de l'étranger aussi, il me
semblait différent pendant deux, trois jours,
comme s'il n'était pas encore revenu tout entier. Je
lui demandais alors si son âme avait pris un bateau
à rames pour traverser l'océan. Il y a quatre jours
encore nous étions des amants et le voilà maintenant presque entièrement parti.

L'écrivaine dépose ses livres.

— Celui qui part n'est jamais le même que celui

qui revient.

Je lui confie que j'ai eu très envie de lui arracher le cœur.

— Parle-moi du couteau et je te dirai tout sur les perforations, dit Perla. J'ai des tas de descriptions de meurtre en réserve, un plein tiroir où piocher : strangulations, gorges tranchées, coups de couteau, nuques brisées, coups assénés sur la tête et autres brutalités du genre perforation du poumon par enfoncement des côtes. Là, un effroyable bain de sang ou ici, une hémorragie interne quasiment indécelable.

Je me laisse tomber sur une chaise. Les enfants sont fatigués. Il me reste à leur donner un bain et à les coucher. Je vois que Perla prend des notes.

— C'est plus courant qu'on n'imagine d'avoir envie d'arracher le cœur à celui qui vous a trompée, dit-elle. Comme je le répète à mes patients, le désir de poignarder son ex est parfaitement normal. Du moins tant qu'il ne sort pas du domaine de l'intellect. Dès que les gens glissent de l'idée à l'acte, ils entrent dans le champ du roman policier.

Curieusement, il se trouve que Perla se coltine en ce moment un prélèvement d'organe lié à un crime passionnel, au moment où l'assassin ampute une partie du corps de sa victime. Par le plus grand des hasards, le penchant sexuel y joue précisément un rôle clef – l'avait-elle ou non déjà évoqué ?

— Je me suis demandé quel organe enlever. Le cœur et le cerveau ont déjà été trop souvent exploités.

Pour sortir des sentiers battus, Perla a enquêté dans les banques de données internationales pour trouver un organe inusité dans les romans policiers.

— À la question de savoir quel organe pouvait encore être considéré comme *terra incognita*, la réponse a été : le pancréas. C'est donc le pancréas qui détiendra le rôle clef de ma prochaine énigme criminelle. J'ai même imaginé qu'on le trouverait sur la voie publique. Ou peut-être dans un stade ; par exemple au moment du coup de sifflet de début de jeu lors d'un match de handball France-Islande. Il faudrait que ce soit en salle, bien sûr. Oui, ou alors Espagne-Islande. En tout cas, ce sera un organe dont le nom commence par *p* : sinon le pancréas, alors le poumon ou la prostate.

— Flóki n'est pas venu parce que nous lui manquions, les enfants et moi, pas non plus parce qu'il avait peur pour nous sur la lande, mais parce qu'il avait besoin d'une chemise propre. Il respirait la santé et le sex-appeal, ajouté-je.

— Il me semble qu'un petit verre de porto ne te ferait pas de mal.

Mon amie disparaît pour revenir presque aussitôt avec une bouteille et deux verres.

— Il m'a dit qu'il pouvait aimer ses enfants, mais pas sa femme.

Elle remplit les petits verres et arrange les coussins derrière mon dos.

— Tu vas surmonter le stade du coup de couteau ; au bout de quelques semaines l'envie de poignarder son ex disparaît.

Je me souviens alors de la voiture qui est venue chercher Flóki et dis à Perla que ce n'était pas une jeep noire, mais une voiture ordinaire de couleur claire.

— Flóki Karl, son amant, l'attendait au volant.

— Ce n'est pas toujours facile de faire la distinction entre les modèles pour quelqu'un qui n'a pas le permis de conduire et qui vit au pays des ténèbres permanentes, dit la romancière. Possible que la voiture n'ait pas été noire mais dans des tons plus clairs et changeants.

Je me décide à aller faire couler le bain des enfants.

Perla me suit de pièce en pièce, avec son verre de porto et son carnet dans l'autre main. Tandis que je sors des pyjamas propres, elle m'engage à poursuivre mes activités pendant qu'elle prend des notes.

— Fais comme si je n'étais pas là. Les meilleures idées me viennent souvent en plein remue-ménage.

Je renfloue le canard jaune qui entame la traversée de la baignoire ; frère et sœur applaudissent de joie.

— Je n'arrivais plus à trouver mes mots devant lui, dis-je à Perla.

Elle va chercher un tabouret, le cale contre le rebord de la baignoire et se hisse dessus.

— Tu n'es pas la première à te demander quel est le pouvoir des mots face aux passions humaines. Les écrivains en savent quelque chose.

Trop d'émotions me traversent pour prêter attention à tout ce que Perla essaie de m'expliquer. D'autant que je m'efforce de remplir mon rôle de mère.

— Une fois, ça m'a pris sept mois pour trouver le mot juste, dit-elle. C'est incroyable les crises existentielles que vingt-six lettres peuvent engendrer. Aimer et buter font tous les deux cinq lettres.

Pendant que j'enveloppe dans une serviette deux petits corps roses ruisselants, ma voisine feuillette l'un des livres qu'elle promène. Ses lèvres remuent en silence. Il me semble bien que c'est la Bible et qu'elle y cherche un verset.

— Écoute-moi ça : *Il n'est pas à la portée de tous les hommes d'être mariés mais de ceux-là seuls qui en ont reçu le don.* Qu'est-ce que tu en dis ? J'ai apporté en plus deux autres livres pour toi, en cas d'insomnie : *Le Cantique des cantiques* dans une édition spéciale, dédicacé par ma tante maternelle, et *la*

Divine Comédie de Dante en version intégrale.

Je remarque soudain que Flóki a laissé sa brosse à dents sur la tablette au-dessus du lavabo.

— Ça peut vouloir dire qu'il n'est pas parti définitivement, qu'il veut garder la porte entrouverte, suggère l'écrivaine. Mais cela peut signifier aussi qu'il a déjà une brosse à dents à sa nouvelle adresse.

— En tant que
conseillère conjugale
il faut bien que j'en arrive à la question de
la vie sexuelle, dit Perla qui s'est resservi un doigt de
porto.

Elle est allongée sur le canapé, la tête sur un bras,
lorsque je reviens de la chambre des jumeaux.

— Impossible de ne pas remarquer l'ampoule
rouge de la lampe dans votre chambre à coucher.
En tant qu'écrivain, je dois bien admettre que
l'imagination est la seule réalité qui soit.

Elle boit une petite gorgée.

— Tu m'excuseras si, de par mon métier, je crois
pouvoir supposer que tu t'es creusé la tête en repensant aux débuts de votre union : quelque chose
n'aurait-il pas dû te laisser soupçonner que Flóki
était bisexuel, et homosexuel plus récemment ?

Je réfléchis.

Nous ne faisions peut-être pas l'amour tous les
jours mais chaque fois que l'envie nous en prenait,
tantôt deux fois par semaine, tantôt trois ; je ne me
suis jamais demandé si c'était peu ou beaucoup.

Après la naissance des jumeaux, c'est devenu tout de même moins fréquent. Les enfants sont encore petits et nous sommes parfois fatigués le soir ; Flóki ne se laissait pas spécialement distraire de son travail, même si je passais devant lui en petite tenue. Il est arrivé, à l'occasion, qu'il me rejoigne sous la douche en me touchant l'épaule pour que je lui fasse de la place. C'est vrai qu'il débordait de tendresse et de prévenance à mon égard, au quotidien, et peut-être un peu trop au lit également.

— Ce n'était pas forcément la passion dévorante tous les jours, du matin au soir, dis-je à Perla.

Une fois ou deux, je me suis demandé si nous n'étions pas en train de devenir un peu plus amis et un peu moins amants qu'au début. Sauf exception, je n'ai tout de même jamais eu l'impression de vivre avec une bonne copine.

— Il ne me semble pas que Flóki ait été spécialement obsédé par les rondeurs féminines, dis-je à Perla.

Même quand les hommes se retournaient sur moi dans la rue, il n'y attachait qu'une importance relative.

— Il m'est arrivé de me demander s'il était susceptible d'être jaloux, dis-je encore.

Nous nous sommes rencontrés lors d'un stage sur les métiers de l'humanitaire ; j'ai su dès le premier soir que c'était l'homme que j'allais

épouser et avec qui j'aurais des enfants. J'étais stu-
péfaite d'avoir trouvé si subitement l'homme de
ma vie.

— Dès l'instant où je l'ai vu, j'ai su qu'il m'était
destiné, dis-je à Perla.

— Oui, les êtres destinés à s'aimer se reconnaissent tout de suite, mes patients en témoignent
parfois.

Je sortais à ce moment-là avec un joueur de
hautbois. C'est tellement difficile de déchiffrer des
partitions manuscrites, m'avait-il dit une fois. Mais
j'ai rompu après avoir rencontré Flóki.

Je travaillais dans l'aide humanitaire depuis plusieurs années. Flóki planchait sur un projet de
logiciel dans le même secteur sans pour autant
montrer un intérêt débordant pour la solidarité
internationale. J'allais me chercher un café le
premier matin, quand je suis tombée sur lui à la
machine à café. Depuis lors il n'a cessé de me
témoigner un intérêt sincère. J'ai remarqué qu'il
buvait son expresso d'une seule traite ; plus tard, j'ai
eu l'occasion de constater qu'il faisait généralement
tout vite et bien, qu'il allait droit au but. Où que
j'aille, il s'y trouvait aussi, comme par hasard, à me
suivre des yeux. Depuis, il en a toujours été ainsi,
même au milieu d'autres gens, nous ne nous
perdons jamais de vue, mon mari a conscience de
moi et moi de lui.

Nous nous touchons souvent aussi.

« Une théorie mathématique complexe est comme une symphonie », m'a dit l'homme que j'avais résolu d'épouser alors qu'il m'initiait à son travail.

Et il a passé la main dans ses cheveux.

Je l'ai trouvé terriblement beau et je le lui ai dit dès le premier jour. « Ce n'est qu'une apparence, s'est-il défendu, tu t'en apercevras. »

— J'avais l'impression qu'il avait souffert. Et même, parfois, qu'il souffrait encore.

Pendant les pauses entre les exposés, nous traînions ensemble et échangions nos points de vue sur la façon dont les fabricants d'armes se partagent le marché mondial et font leur propagande. Je lui parlais des territoires truffés de mines antipersonnel, des victimes estropiées et d'un projet de prothèse de jambe qui me tenait à cœur. « Toutes les heures, un enfant marche sur une mine quelque part dans le monde », ai-je rappelé à mon futur amant.

— Une entreprise qui veut mettre sa marchandise sur le marché en distribue des échantillons, dis-je à Perla. Et dès qu'un gros contrat est signé avec tel ou tel pays, on sait où se déclenchera la prochaine guerre.

De fil en aiguille, au bout de trois soirs de stage, nous sommes rentrés ensemble. « Viens », m'a-t-il dit sans préambule et il m'a emmenée chez lui, dans son grand lit, dans un appartement qu'on lui prêtait. Il m'a expliqué qu'il cherchait à se loger et habitait chez ce copain en attendant. Le lendemain matin, il m'a servi des crêpes au petit déjeuner. Il s'est montré honnête et sincère, il m'a expliqué qu'enfant, il avait souffert de vertige et qu'il y était encore sujet. Peu après, il s'est installé chez moi et l'été venu nous nous sommes mariés à la surprise générale. J'étais follement heureuse ; nous n'avons invité personne parce que nous voulions que ce jour-là soit exclusivement le nôtre. Plus tard nous avons fait une fête pour la famille et les proches où fut aussi convié l'ami qui lui avait prêté son appartement. Dans ses baskets à rayures jaunes, observant mon mari sans parler à personne, il tranchait sur la compagnie. Sur le moment, j'étais bien trop exaltée pour y prêter une attention particulière. Je ne sais plus pourquoi nous avons perdu tout contact avec lui peu après. Quand j'y pense, c'est assez curieux que Flóki ait eu si peu d'effets personnels. En fait, en dehors de ses vêtements et de quelques livres, il n'avait rien lorsqu'il s'est installé chez moi. Comme un homme sans passé ou un réfugié en quête d'asile. Comme si sa vie antérieure s'était effacée de quelque étrange façon au moment où nous nous sommes connus. Une brosse à dents, c'est la première chose que je lui ai achetée.

La première que lui m'a offerte a été une robe. « J'ai si souvent déménagé ces dernières années que j'ai préféré ne pas m'encombrer », m'a-t-il expliqué tandis que je libérais quelques cintres pour qu'il puisse ranger ses affaires de son côté de la penderie.

Pour notre voyage de noces, nous étions allés camper dans une vallée déserte où il a plu pendant trois jours. Après avoir allumé un feu sous la pluie, nous sommes restés là avec nos côtelettes assaisonnées au thym arctique entre les doigts et lorsque nous rampions à l'intérieur de la tente, nous étions l'un et l'autre imprégnés d'une odeur de fumée et de mousse mouillée. Un matin, nous avons fait à pied toute la route qui mène jusqu'au bord de la falaise et je me suis tenue à l'extrême limite de l'arête herbue, plongeant le regard dans les profondeurs de l'océan, trois cents mètres plus bas, au milieu d'un charivari d'oiseaux de mer. Flóki se tenait un peu en arrière, avec son bonnet bleu et un ciel immense au-dessus de nos têtes.

Quand j'y repense, je me souviens de mystérieux appels téléphoniques, du temps où nous étions jeunes mariés. Lorsque je répondais, on me raccrochait au nez. Cela nous faisait rire, tout en stressant un peu mon mari. Il imaginait que j'avais un admirateur inconnu, un prétendant ou un ancien petit ami qui voulait entendre le son de ma voix. Nous nous en sommes bien divertis, mais les appels ont continué et il est même arrivé que ce soit mon mari qui y réponde.

« Non, l'ai-je entendu dire à l'appareil. Il faut que tu t'y fasses. » Avant de rajouter à mi-voix : « Viens me chercher, alors. »

Tout d'un coup pressé de sortir, il m'a annoncé qu'il avait une course à faire, pas plus d'une heure.

Après cela, les appels nocturnes cessèrent un bon moment, mais l'année dernière, mon mari s'est parfois isolé avec son portable afin de parler plus tranquillement. Les gosses chahutaient et c'était bien compréhensible. Quand j'y repense, il me semble que près de la moitié des hommes présents à notre fête de mariage ont disparu de notre vie.

APRÈS AVOIR
PRÉPARÉ UNE INFUSION
DE CAMOMILLE, je téléphone à Flóki.

Il répond aussitôt. J'entends de la musique et des échos de conversations en fond sonore.

Je vais droit au fait et lui demande si l'ami qui lui avait prêté l'appartement avait été son amant.

— Quel appartement ?

— Celui où tu logeais quand nous nous sommes connus.

— Ça fait plus de onze ans, María.

— Oui, ça en fera douze au printemps.

— On se parlera plus tard. Je suis à une réception.

— Non, je suis en train de passer en revue certains épisodes de notre vie de couple.

— Pourrait-on en parler demain ?

— Vous étiez ensemble ?

Un long silence me laisse penser qu'il se déplace. Je n'entends plus de voix derrière lui mais la rumeur du trafic.

— Oui on était ensemble, j'ai habité quelque

temps chez lui. C'était une erreur de m'être installé chez Lúkas. On en avait marre l'un de l'autre, on ne faisait que se disputer et se rabibocher quand je t'ai rencontrée.

C'est la première fois qu'il désigne un amant par son prénom.

J'entends un klaxon.

— J'ai aimé discuter avec toi, t'écouter, tu étais à fond dans l'aide humanitaire, tu me parlais des problèmes du monde, c'était un changement bienvenu après avoir vécu avec Lúkas qui ne s'intéressait qu'à lui-même. Il n'y avait rien de sexuel au début, quand je t'ai rencontrée, et puis je suis tombé amoureux de toi. Tu semblais sortie d'un film des grands maîtres du genre, une femme de chair et de sang, ça explique tout, j'ai eu envie d'essayer. Ce n'est pas comme avec un homme et j'ai aimé ça. Lúkas n'a jamais accepté que je le quitte pour une femme.

Une fois les enfants endormis, j'inspecte la pile de bouquins sur la table de chevet de mon mari. Il ouvre quelquefois un livre en m'attendant et le referme dès que je me glisse sous la couette. À première vue, je ne décèle aucun indice particulier, aucune clef d'accès au tréfonds de son être. J'ouvre le journal de Pavese : *Le Métier de vivre*, en le feuillettant je constate que mon mathématicien a souligné certains passages.

Vivre revient à poser une longue addition.

Même chose pour les *Pensées* de Pascal ; là aussi mon mari a souligné des phrases par-ci par-là :

… il n'est qu'un homme, au bout du compte, c'est-à-dire capable de peu et de beaucoup, de tout et de rien : il n'est ni ange ni bête, mais homme.

Après avoir farfouillé un peu, je retrouve dans l'armoire un pyjama que je mettais avant mon mariage, je l'enfile, arrange les oreillers et m'installe avec un rapport sur l'aide humanitaire grand ouvert sur la couette. Je tourne les pages sur des choses effarantes où *l'horreur a un visage, comme l'amour.*

« Et cette journée ? » me lance parfois mon mari quand je rentre du travail. « Passée à mettre du sparadrap sur les bobos du monde ? » Ou encore : « Comment ça a marché, le rafistolage de la planète aujourd'hui ? »

Par comparaison avec les souffrances auxquelles je suis confrontée lors de mes pérégrinations à l'étranger – tous ces enfants martyrs, assis sur le drap sale d'un pauvre lit d'hôpital, contemplant leur moignon de jambe au pansement taché de sang –, un mari qui *sort du placard* au bout de onze ans de mariage est d'une insignifiance au moins égale à ma douleur.

Le salon de coiffure
est tout près

DU LAC et afin d'adoucir cette cérémonie impromptue de passage à l'âge d'homme, j'annonce à mon fils dont je tiens la main que nous prendrons du pain à la boulangerie pour en donner aux canards sur le chemin du retour.

— Mais d'abord, tu seras beau comme papa, dis-je en poussant le petit homme devant moi dans le salon de coiffure.

Pendant ce temps-là, sa sœur est chez ma voisine de l'entresol qui la garde. Certes Perla m'a plus d'une fois déclaré qu'elle s'intéressait peu aux enfants et qu'elle ne savait pas s'en occuper.

— Sauf les nourrissons, quand ils sont encore au berceau, m'a-t-elle précisé. Sinon ils supposent, du fait de ma taille, que je suis à leur niveau de développement mental et s'attendent à ce que je joue avec eux.

Je lui ai promis que nous ne serions pas longs, une bonne heure tout au plus.

— Imagines-tu seulement ce que ça signifie de

ne pas même atteindre une taille qui me permette de regarder les enfants dans les yeux? m'a-t-elle lancé alors qu'elles se tenaient, les épaules presque au même niveau, ma fille d'à peine trois ans et ma voisine, la main dans la main.

Je soulève mon fils pour l'installer dans le fauteuil de barbier et j'explique à la coiffeuse que je désire une coupe masculine. Il n'y a pas d'autres clients en ce premier jour ouvrable après les fêtes.

— Vous êtes sûre de vouloir les couper? demande-t-elle, enroulant les boucles blondes sur son doigt après avoir remonté le siège.

Le petit bonhomme a une peau claire semée de taches de rousseur; il paraît encore plus pâle que d'ordinaire et je crains qu'il ne flanche. Il réclame sa tétine que je lui refuse; nous sommes dans un espace public. En homme d'avenir, il ne doit pas montrer de signe de faiblesse affective.

— Personnellement, je n'aurais pas le courage de les couper si c'était mon fils, dit la femme d'une voix traînante.

Son apprenti non plus n'en aurait pas le courage, semble-t-il.

Je tiens la main de mon fils et lui répète qu'après, il sera beau comme papa. La coiffeuse me jette un coup d'œil dans la glace.

La curiosité pour son propre reflet et la merveille technique du fauteuil ascensionnel à pompe

hydraulique finissent par l'emporter sur l'appré-
hension et mon fils de deux ans et demi se tient
tranquille sur son siège pendant que volent ses
boucles de bébé.

Je résiste à la tentation de ramasser les mèches
blondes pour les rapporter à la maison et les nouer
d'un ruban de soie.

— Juste un peu plus court sur la nuque, dis-je
sans hésiter, quand elle me montre le résultat sous
toutes les coutures à l'aide d'un miroir.

La coiffeuse s'empare d'une tondeuse électrique
et, avant de commencer, me jette un regard pour
s'assurer que je ne plaisante pas.

— C'est plutôt en été qu'on me demande des
coupes en brosse, dit-elle.

En conclusion, voilà un petit homme que je tiens
par la main et avec lequel je traverse la rue pour
entrer dans le café le plus proche. Au lieu d'être
sur mes genoux, il est assis sagement en face de
moi, le menton au niveau de la table, serrant dans
sa paume une crêpe roulée au sucre. Il en est encore
à se remettre de cette expérience de la vie. Je
demande une paille pour le cacao et pousse l'assiette de crêpes vers lui.

— Bambi beau comme papa, dit-il.

Cette journée marquera-t-elle son premier
souvenir d'enfance, l'expérience qui inscrira sa
vision de l'homme ? Rapportera-t-il cet incident

plus tard dans ses Mémoires, au chapitre sur la mère ?

— Les cheveux, ça repousse, dis-je à voix basse.

Puis je me penche par-dessus la table.

— On va sortir et donner la tétine aux canards.

Je mets à mon fils son bonnet que je tire bien sur les oreilles. Il y a peu d'oiseaux sur le lac ; on a vite fait de jeter tout le pain dans l'eau, quelques miettes jaunes et spongieuses qui flottent brièvement à la surface et auxquelles les canards ne témoignent qu'un intérêt limité. Je ne sors pas la tétine de ma poche.

— On va rentrer à la maison montrer comme tu es beau à ta sœur.

En chemin nous nous arrêtons à la supérette du coin, qui vend aussi quelques jouets, exposés en vitrine. À la fin, plutôt qu'une épée en plastique rose de quarante centimètres de long dans son fourreau serti de strass, nous prenons un tracteur avec un épandeur d'engrais et un silo à fourrage vert.

À L'ENTRESOL,

MA FILLE EST ASSISE

FACE À UN TAS DE FARINE à la table de cuisine
nappée d'une toile cirée à carreaux, en tablier, les
manches retroussées jusqu'au coude.

— On a décidé de faire du pain, dit Perla.

J'ôte son bonnet à mon fils ; Perla et Bergthóra le
regardent, puis se tournent vers moi. Ma fille passe
la main sur la tête de son frère, qui la serre dans
ses bras comme s'ils avaient été séparés pendant
longtemps, comme s'il avait dû traverser seul une
épreuve que personne ne peut comprendre. Désormais, les jumeaux ne font plus un, mon fils a
entamé son périple dans le monde des hommes.
Perla ne pipe mot ; penchée sur la table, elle pétrit
la pâte à deux mains.

— J'essaie d'innover un peu en matière culinaire
pour les polars de mon auteur, dit-elle. D'habitude, quand on lui signale un crime, l'inspecteur
chargé de l'enquête est en train de prendre son petit
déjeuner dans un boui-boui crasseux : café noir
et pain grillé ; parfois c'est au déjeuner : soupe aux

asperges ou tête de mouton bouillie. J'essaie de proposer une alimentation plus variée, et je me demandais si tu aurais un livre sur les desserts au chocolat à me prêter. J'ai expliqué à mon auteur qu'il devait penser au-delà du marché allemand.

Mon fils s'est assis à côté de sa sœur. Elle pince un bout de pâte pour le lui tendre. Chacun pétrit sa boulette sur la table.

Perla s'est déchargée de tous ses entretiens ce jour-là afin de se consacrer à son manuel sur le mariage. Elle achève justement un chapitre, dont elle escompte bien qu'il fera date, sur la procréation et l'éducation des enfants.

— Il faudrait que les gens comprennent que tout le monde n'est pas fait pour avoir des enfants. La plupart du temps c'est par accident qu'ils se retrouvent parents, au hasard d'une vie sexuelle ordinaire ; et parmi eux, il y en a qui travaillent au noir depuis des années, sans contribuer au pot commun ; il y en a aussi qui dévisagent les nains, puis les montrent du doigt en donnant du coude à leurs gosses et ça fait rire toute la famille.

Perla allume le four et dispose sur la plaque les boules que les enfants ont malaxées.

— Ce sera donc des petits pains, dit-elle.

Je remarque que des pousses annonciatrices de feuilles commencent à poindre sur la plante à la fenêtre.

— Si je n'étais pas tenue de respecter l'anonymat dans mon travail, je signalerais, à titre d'exception, mes voisins du dessus comme étant des parents modèles.

Frère et sœur se tiennent devant le four et suivent les opérations.

Rapportant ma conversation avec maman, je lui annonce que je vais rencontrer mon père biologique.

Les bras croisés, Perla m'examine.

— J'aurais dû deviner qu'il y a du sang étranger dans tes veines. Nous, les femmes de cette maison, avons donc en commun des origines exotiques.

Sans chercher à approfondir, je lui avoue que je ne sais pas grand-chose de ce père que je n'ai pas connu. À part qu'il est biophysicien et spécialiste de la mémoire.

— Typique, dit Perla. Et maintenant le voici qui se pointe pour farfouiller dans le passé autour d'un lunch. À ta place je me renseignerais pour savoir s'il ne t'a pas inventée. C'est ce que je dis toujours à mes patients quand ils évoquent de prétendus « souvenirs », fermez les guillemets, et exigent que je les prenne au pied de la lettre. Je leur dis alors : nul ne comprend l'autre, le monde n'est pas transparent. Qui pourrait ne pas te vouloir pour fille, María ?

Avant que nous ne partions, elle veut me

montrer quelque chose et m'entraîne dans la buanderie. Par terre, à côté des machines à laver, il y a
une boîte à outils flambant neuve, du genre que
trimbalent les menuisiers. Elle soulève le couvercle
et me montre d'abord une perceuse, puis elle sort
un marteau et manipule des tournevis de trois
tailles différentes. Elle m'exhibe également plusieurs petites boîtes contenant diverses sortes de
vis. Elle a décidé de se constituer un fond d'acces-
soires utiles.

— La dernière fois que Flóki a bricolé, avant son
coming out, c'était pour fixer une étagère destinée à
mes livres sur l'interprétation des rêves, dans la
cuisine.

Désormais, l'homme le plus vieux de la maison
affichant à peine trois hivers, on peut prétendre à
juste titre qu'en l'occurrence il y a carence.

TU ES MÊME
ENCORE PLUS BELLE
QUE TA MAMAN, voilà la première chose qu'il
me dit.

L'hôtel donne sur la place. Il est assis seul à une
table au fond de la salle de restaurant, vêtu d'un
costume bleu, bel homme aux cheveux poivre et
sel. Il se lève et me salue d'une poignée de main,
nous sommes deux parfaits inconnus apparentés
par le sang et il me plaît tout de suite. Je retrouve
aussi quelque chose de familier chez lui, comme
lorsqu'on essaie de se remémorer une vieille
connaissance, ou que l'on revoit un ami, longtemps
proche, qui pour une raison ou une autre ne ferait
plus partie de votre vie.

Je lui dis que j'ai le sentiment d'avoir partagé
des moments avec lui, comme par exemple une
randonnée en montagne. Je ne vais pas toutefois
jusqu'à évoquer les landes et les lacs ni discourir
sur ce qu'on ressent à pénétrer du regard les profondeurs souterraines d'un glacier, et à la révélation

qui vous envahit alors au point de vouloir changer le monde.

Il rit et appelle le garçon.

— Ce doit être de vieux gènes qui se reconnaissent. Je ne suis pourtant pas très porté sur les randonnées en montagne. La plaine me suffit. Je n'éprouve pas ce besoin de contempler le paysage d'en haut, comme vous par ici.

Je et vous, c'est ainsi qu'il formule les choses.

Le menu en main, il m'explique qu'il n'a pas eu le temps de déjeuner à cause de plusieurs affaires à régler. Il pense commander une soupe aux champignons et de la lotte. Puis il me regarde et me félicite pour ma connaissance de sa langue que je parle presque sans accent. Je lui dis que je l'ai apprise à l'école et qu'elle m'est parfois utile dans mes activités professionnelles.

En attendant d'être servi, il m'écoute comme lors d'un entretien d'embauche, m'interrogeant sur mes études, mon travail, ma situation de famille. Il me pose des questions sur mon mari et les petits-enfants qu'il ne connaît pas.

De mon côté, je lui parle des enjeux de l'aide humanitaire, du foyer pour orphelins que nous finançons et de l'école en cours de construction sur un autre continent. Mais notre projet prioritaire demeure l'hôpital et le centre de rééducation pour les victimes de mines antipersonnel. Notre organisation s'emploie à financer en priorité la fabrication de prothèses de jambes. La plupart de ceux qui perdent un membre sont des enfants et des jeunes.

— En bien des endroits on mesure la richesse des gens au fait qu'ils possèdent des chaussures mais beaucoup de ceux que nous secourons n'ont pas de pieds.

Il partage brièvement mes inquiétudes sur l'avenir du monde. Je dois lui avouer que mes déplacements sont à présent plus rares et de courte durée. Je travaillais davantage sur le terrain avant la naissance des jumeaux.

— Tu es donc une idéaliste, dit-il en souriant.

J'ai extrait de mon sac plusieurs photos des enfants et les lui montre. Avant même d'en prendre conscience, voilà que je confie à un inconnu qui m'a tout juste transmis son patrimoine génétique, le récent *coming out* de mon mari au dernier soir de l'année, après onze ans de vie commune.

— Il m'a quittée pour son collègue et associé, dis-je. Tous deux sont spécialistes de la théorie du chaos.

Il hoche la tête.

— Je vois.

— Et me voilà en quelque sorte devenue mère célibataire de jumeaux de deux ans et demi.

Il me demande leurs noms.

— Bergthóra et Björn. Björn comme papa, dis-je bien en face.

— Oui, je ne voulais pas déranger, répond-il en regardant vers la fenêtre.

Sur la place déserte devant l'hôtel, il y a un sapin orné d'une guirlande lumineuse. Les branches ploient sous le poids de la neige. Peu d'âmes qui vivent, quelques touristes chargés de sacs en plastique à l'enseigne d'une boutique de souvenirs.

Je ressens le besoin de mettre mon père biologique au courant d'autres affaires qui m'importent.

— Les jumeaux sont nés au bout de huit années de mariage sans enfant et en plein milieu d'une procédure d'adoption. Leur naissance tient un peu du miracle.

— Qu'en est-il de l'adoption ? demande-t-il.

Nous avons rempli une flopée de formulaires, nous nous sommes présentés à une foule d'entretiens, et avons entrepris plusieurs incursions exploratoires à l'étranger.

— L'adoption est en attente pour le moment, dis-je. Mais nous répondons à toutes les conditions requises et sommes en tête de liste. C'est un atout pour moi de bien connaître le pays et d'y avoir travaillé.

Pour mieux les contempler, il expose les photos des enfants l'une après l'autre à la lumière.

— Ta fille est le portrait vivant de ma mère, avec

les mêmes anglaises. Moi aussi, j'ai apporté des photos.

Il sort d'un portefeuille l'image d'une femme en robe argentée, aux lèvres peintes, aux cheveux ondulés châtain foncé portés aux épaules. Des traits proches de ceux du spécialiste de la mémoire assis en face de moi. En un court exposé, il m'instruit sur mes racines.

— Ta grand-mère était entourée de prétendants parmi lesquels on compte un cinéaste connu. Elle adorait attirer l'attention et mener son monde par le bout du nez, cependant elle avait d'autres ambitions. Pour finir, elle a jeté son dévolu sur le plus improbable, mon père. Son entourage a été très surpris quand elle a présenté son futur mari.

Il coupe en deux la lotte baignant dans une sauce jaune et place l'un des morceaux sur son assiette, puis il pose sa fourchette sans avoir encore porté une seule bouchée à ses lèvres. J'ai comme l'impression qu'il n'a pas d'appétit.

— Moi aussi j'ai été étonné quand ta maman s'est choisi un mari, dit-il. Certes, je ne l'ai aperçu qu'une seule fois.

Puis il se tourne à nouveau vers moi :

— Quelle taille fais-tu ?

— Un mètre soixante-treize, dis-je. Encore plus avec des talons.

— Oui, ta grand-mère était grande aussi.

Certains de ses prétendants s'en effarouchaient. Tous les hommes ne sont pas à l'aise avec des femmes qui les surplombent.

Une quatrième photo glisse de ses mains ; il a fait cinq mille kilomètres pour me les montrer. La dernière révèle trois femmes, toutes en robe longue.

— C'est ma mère, dit-il, et les deux autres étaient ses sœurs. Celle de droite a épousé un homme faible de caractère qui s'est suicidé ; celle de gauche voulait devenir violoncelliste, elle a joui d'une certaine renommée mais elle est morte célibataire et sans postérité. Oui, ce sont les arrière-grands-tantes de tes enfants. Quand cette photo fut prise, le prestige de la lignée était sur le déclin ; en fait, il ne restait plus que les robes du soir.

— De sorte que je suis une descendante de haut lignage, dis-je amusée.

— Oui, admet en riant le voyageur. Ça ne me surprendrait pas que tu sois la digne représentante de la troisième génération de ces femmes au self-control exemplaire.

Sous ces hauts plafonds d'où pendent deux lustres en cristal, le soleil qui ne se hisse guère plus haut que les fenêtres du rez-de-chaussée met de l'or dans ses cheveux argentés et dessine un motif sur sa joue. Il repousse des deux mains son assiette, laissant apparaître des boutons de manchette.

— Quel choc cela a dû être pour elle, assurément, quand ta mère s'est découverte enceinte, à
dix-neuf ans, de retour de son stage de langues.
Nous avions perdu tout contact, c'est pourquoi je
n'ai appris ton existence que beaucoup plus tard
– elle était alors mariée et mère de trois enfants. Tu
étais devenue bien trop grande pour que je puisse
t'envoyer une poupée. Pourquoi ta mère ne m'a pas
mis au courant demeure pour moi une énigme.

Mon père biologique n'a guère d'appétit pour le
dessert non plus ; il n'avale que deux bouchées de la
tarte au fromage blanc.

— J'ai beaucoup regretté ta maman, dit-il enfin,
on aurait pu faire un beau couple.

Un avion approche pour atterrir ; il vole bas au-
dessus des toits du centre-ville.

— Je suis en train de régler quelques affaires,
dit-il. J'ai été marié deux fois, mais sans avoir d'enfants, de sorte que tu es ma seule héritière. Toi et tes
jumeaux.

Il compte rester dans le pays trois jours de plus.

Sans réfléchir, je lui ai tout à coup proposé de
venir dîner chez nous, avant de quitter l'île, pour
rencontrer les enfants.

— Et mon mari aussi, éventuellement. Au cas
où il changerait d'avis dans la semaine, dis-je d'une
voix qui tremble un peu, les yeux baissés sur la
nappe. Ce n'est pas sûr que ce soit définitif.

— Oui, dit-il, cela me ferait plaisir de rencontrer l'homme qui va quitter mon unique héritière.

Avant qu'on ne se sépare, il monte à sa chambre et revient avec un grand paquet allongé, du gabarit d'un rouleau de tissu.

— C'est pour les enfants et toi, tu l'ouvriras quand tu seras rentrée.

Le colis est assez lourd, ficelé d'un ruban rouge noué en croix.

Il m'accompagne jusque sur la place, dans la pâle lueur bleutée et, debout dans la gadoue brunâtre, il allume un cigare, un moment silencieux ; je ne dis rien non plus, le paquet oblong dans les bras comme un bébé emmailloté.

— Les gens ne correspondent pas toujours à leur apparence, constate-t-il enfin. On a tous un secret quelque part.

Je lui promets de reprendre contact avec lui au cours de la semaine et lui dis tout le plaisir que j'ai eu de cette rencontre.

— Oui, conclut-il. C'est une bonne chose que nous n'ayons pas besoin d'un interprète assermenté pour nous comprendre.

Le ciel noir descend maintenant jusqu'au bitume. L'étranger lève un doigt vers le ciel, la braise de son cigare lance des signaux, tel le ruban phosphorescent d'un Monsieur Loyal au cirque, et il demande :

— Est-ce l'étoile Polaire ? Est-ce le Cygne ? Ou bien l'Aigle ? Je suppose qu'on voit Vénus dans votre hémisphère ?

Je me retourne une dernière fois tandis qu'il me fait signe à la manière d'un chef d'État, levant la main et la déplaçant avec lenteur sur le ciel nocturne de midi, entre les étoiles. Il me semble alors que je connais ce geste de la main et ces boutons de manchette. Je visualise très clairement un incident survenu il y a longtemps. Ce bras aux boutons de manchette tient en laisse un chien effrayant bien plus grand que moi. La bête me regarde de ses yeux marron. Sa langue humide lui pend des babines. Je me trouve dans une grande maison inconnue à l'odeur d'océan et d'algues mouillées. Pieds nus, dans un maillot de bain tout neuf, j'ai du sable entre les orteils et maman me tend une serviette.

Mes parents
m'attendent

Dans le salon lorsque je viens chercher les enfants et je remarque tout de suite que papa est nerveux. En pleine conversation autour de la table, ils se taisent brusquement quand je fais irruption.

— Oui, non, non, dit papa et ils me regardent tous les deux.

Ils ont visiblement encore d'autres choses à se dire. Sur la table repose un pull pour enfant vert foncé, à demi tricoté.

— Pour le petit bonhomme, dit maman avec un mouvement du menton en direction de Björn junior. Tu lui as fait couper les cheveux ?

Au milieu de la pièce, le monde est réduit à une dimension abordable : un village entier avec château et pont-levis, chemin de fer, toute la végétation de la terre, des bêtes et une exploitation agricole prospère. Les jumeaux assis au milieu de leur petit royaume comme Gulliver à Lilliput s'amusent à maintenir des sangliers dans les limites domaniales du château.

— Ton père était en train de jouer, dit maman en s'arrangeant les cheveux.

Il a l'air soucieux et distrait.

— Ça s'est bien passé ? demande-t-il.

— Oui, c'était comme rencontrer un inconnu, dis-je.

Je le sens soulagé d'un grand poids. Il me serre dans ses bras.

Je n'ose leur annoncer que je vais inviter Albert à la maison pour qu'il voie les enfants. Ils ne sauront pas non plus qu'en cette seule et même semaine j'ai aussi perdu mon mari. Ils ont fini de manger et voudraient me servir des côtelettes panées. J'objecte la lotte du déjeuner avant de soulever les enfants du sol. Sitôt revêtus de leur parka, je les pousse vers la voiture.

— Nous nous demandions, ton père et moi, dit maman, si ça ne vous ferait pas du bien de partir un peu seuls tous les deux ? On dirait que Flóki travaille tous les soirs et tous les week-ends.

Papa hoche la tête pour montrer son assentiment.

— Comment s'appelle déjà l'hôtel dont nous parlions, près de la chute d'eau ? lui demande-t-elle.

Ils se replongent dans le souvenir des perles d'embruns sur les bosses moussues de l'été passé, à l'occasion d'une petite escapade hors de la ville, près d'une cascade, le temps d'un week-end.

Dans le rétroviseur, en faisant marche arrière, je vois que papa enserre de son bras les épaules de maman. Celle-ci presse contre elle le pull inachevé. Sur le siège du passager, une pile de crêpes trône dans une assiette à gâteaux qu'il a bien fallu que j'emporte.

— Tu peux garder l'assiette, j'avais de toute façon prévu que tu en hérites après moi, a déclaré maman, d'à peine dix-neuf ans mon aînée.

Les mots père biologique
et parent inconnu
donnent tout de suite matière à penser à
l'écrivaine :

— On peut dire que les enfants de filiation incertaine constituent un sujet classique dans la littérature mondiale.

Perla s'impatientait sûrement de mon retour, à voir la façon dont elle se tient, dans le halo de la porte de l'entresol, des bigoudis sur la tête, au moment où je coupe le contact. Elle nous suit à l'intérieur et s'enquiert aussitôt de l'effet que m'a fait le père inconnu et s'il s'est montré à la hauteur de mes attentes.

Je dépose sur la table du salon le paquet qu'il m'a offert. Les petits doigts curieux des enfants explorent déjà l'emballage.

— C'est quoi ? demandent-ils.

L'écrivaine veut savoir si l'inconnu avec qui j'ai déjeuné s'est soumis à un test ADN.

— Est-ce que tu lui ressembles ? Est-ce un homme riche avec des enfants naturels dans tous les coins ?

Je dénoue le ruban du paquet. Les enfants grimpent sur les chaises et Perla se hisse sur celle de Flóki en bout de table.

— Je sais ce que c'est, le manque de père, mais ça ne m'a jamais dérangée. Le fait que le mien ait pris la tangente quand maman était à la maternité n'a eu aucune conséquence sur mon image de moi-même.

— Bien sûr que j'ai un père, dis-je. Mon papa Björn, qui m'a élevée.

Je laisse les enfants débarrasser le paquet de son emballage. Leurs petits doigts mettent un temps fou à détacher le ruban adhésif.

— Ma mère, qui était une femme d'un seul tenant, a emporté le secret de ma filiation dans la tombe. Bien qu'elle ne voulût pas me révéler qui était mon père, elle avait accroché dans le salon une reproduction des *Ménines* de Velázquez « pour que je sache d'où je viens », comme elle disait. Je trouvais moche et encombrante la robe portée par la naine sur la droite du tableau, mais sa coiffure était top.

— Albert prétend que son cadeau pourrait servir aussi à mes voisins, dis-je, un regard en coin sur Perla.

— Je ne trouve pas que le paquet ait la forme d'une cafetière. Il ne ressemble pas non plus à une bouteille de champagne. À moins d'avoir une contenance hors du commun. Mieux vaudrait alors que je la stocke dans ma cave à vin.

Trois paires d'yeux fixent mes mains tandis que j'achève de défaire l'emballage.

— J'en connais un rayon sur les enveloppes piégées, dit l'écrivaine. J'ai perdu le compte des affaires criminelles que j'ai fait démarrer par l'envoi d'un colis suspect. Il y est souvent question de corps déchiquetés. Ne vaudrait-il pas mieux éloigner les enfants pendant que tu manipules le colis ?

Je fends le rouleau dans le sens de la longueur et soulève le contenu pour qu'il soit plus visible. C'est un long filet serré, violet, jaune et bleu-vert, dont la forme fait penser à une aile. Je me souviens qu'au moment de prendre congé, Albert m'a dit qu'il était passé en voiture devant notre maison et qu'il avait remarqué les deux sorbiers du jardin.

— Très peu pour moi ! lance Perla. Ça me donne le mal de mer.

— Qu'est-ce que c'est ? demande mon fils.

— Qu'est-ce que c'est ? demande ma fille.

— Ça s'appelle un hamac et c'est conçu pour être suspendu entre deux arbres. Et puis on se couche dedans et on regarde les étoiles.

Je leur montre, sur le paquet, la photo de deux palmiers et d'un jeune homme en maillot de bain, un verre de cocktail avec une paille à la main.

— J'aurais préféré une contribution à ma cave à vin.

— Ça vient d'Albert qui habite à l'étranger, dis-je aux jumeaux.

— Dans le tiroir de la table de chevet de ma mère, dit l'écrivaine, j'ai trouvé la photo d'un homme tenant dans ses bras un nouveau-né, probablement prise à la maternité. Je soupçonne qu'il s'agit de mon père. Il a le regard fuyant de celui qu'on force à porter un bout de chou minuscule qu'il s'empressera de redéposer l'instant d'après. De plus, la photo est floue car ma mère, à qui appartenait le Kodak Instamatic, avait quarante de fièvre. Non, je n'ai nullement éprouvé le besoin de rechercher mon père biologique, non, je ne suis pas d'avis que mon histoire soit amputée de moitié du fait que je ne connais pas mon père ; on ne peut regretter ce qu'on n'a jamais eu et je ne vis pas avec le sentiment d'avoir à recouvrer une partie de moi-même. Pourquoi aurais-je besoin d'un père pour savoir qui je suis, d'ailleurs la biographie est le summum de la fiction et les souvenirs sont l'apogée de l'art poétique, *de arte poetica*. Il pourrait aussi bien travailler dans un cirque et vivre dans une roulotte avec sa septième femme. Que dire à un homme qui a disparu de la circulation juste après vous avoir fabriquée ? Je me suis davantage intéressée à ma lignée maternelle. Quand on creuse assez loin dans la généalogie, on finit par voir émerger des cimetières glacés du nord du pays une aïeule « aimant la poésie mais de courte taille ».

Frère et sœur debout sur leur chaise tripotent le filet de leurs petits doigts.

— Il va venir déjeuner avec nous avant de repartir. Tu es cordialement invitée, dis-je.

Les jumeaux trottinent maintenant autour de la table, réclamant des explications et voulant savoir si le contenu multicolore du paquet est aussi leur propriété.

— Oui, il est à nous tous.

Je les invite à sortir dans le jardin pour essayer le hamac, mais un coup d'œil par la fenêtre révèle la nuit noire.

— Puis-je te signaler que nous sommes le cinq janvier par soixante-six degrés de latitude nord, dit Perla. Tu ne vas tout de même pas enjamber les congères pour accrocher un hamac ?

— On prend une lampe de poche, dis-je aux gosses.

— On attire déjà suffisamment l'attention des voisins pour n'avoir pas à s'exhiber suspendus dans un arbre en plein hiver comme des poissons frétillant dans un filet.

— Les enfants, voulez-vous aider maman à l'installer ?

Ma fille, qui tient à ne pas partir les mains vides, rassemble dans un sac les choses essentielles : l'oreiller et le lion en peluche de Bambi, pour qu'il n'ait pas peur. Elle veut aussi prendre un casse-croûte et traîne le sac jusqu'à la cuisine d'où elle ressort avec un demi-paquet de biscuits à la crème.

— N'oublions pas les jumelles pour regarder les étoiles ! dis-je.

— Sans doute refroidies depuis des milliers d'années, ajoute Perla, sauf dans notre esprit à nous, qui subsistons encore ici-bas pour l'instant. L'homme n'est rien de plus qu'un simple protozoaire, il naît, cligne de l'œil et puis c'est fini. Moi, je ne perdrais pas mon temps à lorgner un astre vraisemblablement éteint depuis des lustres. On a déjà bien assez à faire avec la mort. Non, je ne suis vraiment pas du genre à contempler les étoiles.

Les jumeaux réintroduits dans leur combinaison, nous pataugeons jusqu'aux genoux dans la neige, moi portant le hamac et eux suivant mes traces à petits pas.

— J'ai pas peur, dit mon fils.

Perla est restée campée sur le perron et nous suit des yeux, dubitative.

— Attendez maman ici, dis-je en plaçant les enfants côte à côte contre le mur de la maison avant d'empoigner la pelle pour nous frayer une piste jusqu'aux arbres.

Je les surveille du coin de l'œil, immobiles, main dans la main dans le noir. Perla a allumé toutes les lampes de l'entresol. Elle a dû tirer le lampadaire à trois branches du salon jusqu'à la fenêtre, en l'orientant de manière à ce qu'il éclaire le jardin comme un projecteur sur une scène de tournage. Après avoir déblayé un passage jusqu'aux arbres, il me faut pas mal de temps pour arrimer le hamac entre les sorbiers. Je dois d'abord attraper une branche, puis me hisser corde en main le long du tronc froid et glissant, l'enrouler autour d'une enfourchure assez solide et bien la tendre pour que le hamac ne touche pas le sommet de la congère. Pendant ce temps, les petits font des culbutes dans la neige.

Je reviens enfin les chercher pour les déposer dans l'espèce de couchette suspendue ; j'époussette mes deux bambins tout blancs et les laisse se balancer d'un bord à l'autre avec des rires et des cris aigus. Puis je m'étends avec eux dans ce filet à oiseaux qui se referme sur nous, trois poissons d'eau douce boursouflés. Je leur demande de rester tranquilles un instant et d'ouvrir grand les yeux sur le ciel noir.

— C'est l'étoile Polaire, dis-je. Elle est au nord.

Ma fille veut savoir ce qu'il y a derrière les étoiles.

Je pointe du doigt : là, c'est la Grande Ourse et le Grand Chariot et là, c'est la Petite Ourse qui a la forme d'une casserole.

— Bambi est grand, Bambi pas petit, dit mon fils. Bambi a pas peur.

Mes yeux se ferment sur la vapeur blanche de nos souffles. Qu'est-ce que mon mari peut bien foutre à deux rues d'ici pendant que je garde ses enfants sous le même ciel que lui ; serait-il des fois en train d'observer, comme sa femme, la marche des planètes et des soleils dispersés depuis Dieu sait quand ? Je ne m'attendais pourtant pas à vivre des années-lumière avec lui, un demi-siècle aurait été raisonnable, disons soixante ans, mais nous n'en avons eu que onze. Après être restés cinq minutes sans bouger et avoir gigoté cinq minutes de plus, les jumeaux veulent rentrer à la maison.

Perla se tient sur le perron, emmitouflée dans un châle. Elle guette le taxi qui la conduira chez sa tante, pour son dîner annuel.

— Je déteste le froid et le noir, dit-elle. On passe sa vie à attendre que le sol gelé revive pour sentir l'humus rempli de vers de terre. Sans goût particulier pour les plumes et les volatiles, je me verrais pourtant bien en oiseau migrateur, m'envoler de cette île à l'automne et revenir au printemps, avoir un point d'ancrage au sud et un autre au nord ; je m'arrangerais pour partir juste avant l'ouverture de la chasse. Combien de jours sans soleil avons-nous endurés ?

J'AI DÛ
M'ENDORMIR
UNE DEMI-HEURE

À PEINE quand je me souviens que je dois mettre les vêtements des jumeaux à laver. Le jardin d'enfants rouvre ses portes demain matin. Je me demande s'il faut changer le drap et la housse de couette du lit conjugal à cette occasion ou plutôt conserver, combien de temps encore, l'odeur de mon mari ? Je rassemble les habits des petits dans la corbeille à linge sale, mais finalement je laisse en place les draps du grand lit. Il y a une strie de lumière sous la porte de l'appartement de l'entresol, ce qui signifie que l'écrivaine est au travail ; à l'odeur, il me semble pourtant qu'on fait frire du bacon. Je verse de la lessive dans la machine lorsque Perla surgit, émergeant en chemise de nuit d'un nuage de friture et brandissant une corbeille dans laquelle j'entrevois une housse de couette rayée.

Elle était en pleine phase d'écriture quand la faim l'a saisie de manière si aiguë qu'elle s'est mise à se cuisiner de la viande hachée avec des oignons.

Elle me demande si, mise en appétit par le fumet, j'accepterais son invitation à partager ce média-noche. Deux cents grammes de steak haché plus un oignon émincé, cela fera quatre boulettes en tout, ce qui suffit bien pour deux. Si j'avais du chou rouge et de la gelée de groseille – sans pour autant entamer un nouveau bocal – elle ferait cuire des pommes de terre et nous mangerions à la danoise, sinon elle complètera avec deux œufs au plat. Les lave-linge sont côte à côte et elle introduit la housse de couette dans le sien, qu'elle règle comme moi sur quatre-vingt-dix degrés. Ce qui nous laisse une heure et demie avant de repasser par la buanderie pour vider les machines et suspendre le linge.

Lorsque je redescends avec un bocal de chou rouge et un pot de gelée des groseille de la haie, l'écrivaine a poussé devant les machines un petit tabouret à trois pieds, qui lui sert pour étendre le linge, et s'est assise dessus comme si elle avait oublié le steak haché et allait attendre ici la fin du pro-gramme de lavage. Je m'appuie contre le séchoir, les bocaux dans les bras. Elle me confie alors qu'elle a en chantier le roman d'une femme qui se remémore un incident précis, mais dont le souvenir change constamment, sans compter que l'amour maternel interfère aussi. Pendant ces nuits blanches où la sensibilité s'exacerbe, les choses les plus banales, telles que remplir la machine à laver et observer le tambour tourner en boucle, prennent une portée particulière. L'occasion, aussi, de méditer sur des concepts essentiels tels que le mouvement cyclique et la répétition.

— Ou encore l'amour sans le sexe, ajoute-t-elle en observant par le hublot le linge qui bave, se retrempe et s'assombrit tandis que la buée se dépose sur la vitre et que les pieds du collant rouge pour enfant s'entrelacent avec les manches d'un pull bleu. Maman et moi habitions dans un immeuble et les gosses de la cage d'escalier m'enfermaient parfois dans la buanderie. Tu pourras sortir par le trou de la serrure, disaient-ils. Par deux fois ils ont tenté de me fourrer dans la machine à laver sans réussir à la fermer. Ce qui m'a sauvée, ça a été de penser hors des sentiers battus. Au lieu de me morfondre en m'apitoyant sur moi-même quand on me martyrisait, je me suis mise aussitôt à transformer en conte la réalité de ces moments. On peut dire que c'est l'écriture qui m'a fait passer par le trou de la serrure. « Je suis grande à l'intérieur », a été ma réaction quand ma mère m'a expliqué que j'étais une naine et qu'on n'y pourrait rien changer. J'avais trois ans.

Perla ne manifestant aucune velléité de se lever, je dépose les bocaux sur le séchoir.

— Enfant, je disposais d'un vocabulaire extrêmement diversifié. Au lieu de supplier les gosses qui me semaient derrière eux, je leur demandais de ne point se hâter. Ou encore je disais : Armez-vous de patience ! et parfois : Attardez-vous, j'accours dans votre sillage ! Et je les voyais détaler à toutes jambes. Plus tard je me suis demandé si l'usage d'un mot comme *sillage* pouvait expliquer mon manque d'amis. Quelquefois les gosses s'amusaient à me lancer entre eux ; il est arrivé que je leur échappe des mains et tombe sur le sol verglacé. C'est la raison pour laquelle je suis fragile des genoux.

Perla se lève enfin de son tabouret.

— Je me suis cogné le bras contre un mur, ai-je dit une fois à ma mère en rentrant à la maison, l'épaule démise après avoir été fourrée la tête la première dans une poubelle par mes petits camarades de classe.

Ma voisine m'engage enfin à la suivre dans sa cuisine ; elle dispose deux assiettes à fleurs sur la table ainsi que des serviettes roses. La poêle en main, elle nous sert équitablement.

— La viande a eu le temps de mitonner, dit-elle, elle devrait être bien cuite.

Elle repêche des petits tas séparés de rondelles d'oignon qu'elle place sur la viande. J'ouvre les bocaux et nous nous mettons à table.

— Je me suis souvent demandé d'où venait mon vocabulaire. Ma mère a évoqué une fois une aïeule étrangère qui aurait traversé l'océan abyssal sur la vague ourlée de l'écume du temps pour gagner nos rivages à bord d'une barque découverte. C'est grâce à elle, semble-t-il, que divers mots singuliers ont accompagné les femmes de ma lignée de génération en génération. De temps à autre, je disais à ma mère que ça m'attristait d'attendre en vain qu'une bonne camarade vienne sonner à la porte pour demander si je voulais sortir jouer. Elle répliquait que la vie se résume à attendre et qu'on sous-estimait la valeur de l'ennui dans la société contemporaine. Le vide de l'ennui recelait d'innombrables possibilités et engendrait des créations remarquables. Les plus grandes œuvres de l'esprit humain étaient précisément issues de l'ennui – crois-tu peut-être que Brahms ne s'est jamais ennuyé ? me grondait-elle. Si je lui avais répondu que je souffrais, elle m'aurait rétorqué que la souf-france alliée au désir était précisément à la base de toute créativité. Et elle n'aurait sans doute pas manqué d'ajouter : On se souvient de la souffrance l'espace d'une demi-journée ; c'est le poète qui lui confère sens et durée. Car l'homme tourmenté est en quête de beauté.

Perla va chercher une briquette de lait dont elle verse le contenu dans nos deux verres.

— Après avoir étudié la vie des artistes, au pro-gramme de mes études de psychologie, je me suis aperçue qu'un grand nombre d'écrivains avaient en commun d'avoir énormément souffert dans leur enfance. Ma mère, femme du peuple sans éducation qui travaillait au salaire minimum dans une cantine scolaire, avait donc raison en cela comme en tant d'autres choses. Par malheur, j'avais bien plus envie d'être dehors à jouer au foot avec les autres, plutôt qu'en cheville avec Brahms. Je souhaitais tellement que les nains puissent être de la partie.

NI ROBE
NI ESCARPINS

AUJOURD'HUI, car après avoir conduit les jumeaux au jardin d'enfants, je me mettrai au ménage. Un coup d'œil dans l'appartement me convainc que ce sont les jouets et les affaires des petits qui prennent le plus de place. Ce qui appartient à mon mari occupe essentiellement une moitié de notre penderie. Pas de collection de fusils sous clef dans un placard du salon ni rien d'autre de ce genre. Je renifle un pull-over de son côté de l'armoire et je l'enfile, sans pouvoir distinguer si deux sortes d'after-shave s'y mêlent. Puis je fais les lits et ramasse les jouets qui traînent. Tout en ruminant la question de savoir à quoi m'attaquer ensuite, je me fais griller du pain et m'allonge sur le canapé avec les lettres de Strindberg à sa fille que Perla a voulu que j'emporte cette nuit. Elle m'a expliqué que ces lettres, adressées à la toute jeune fille de l'écrivain, étaient en fait destinées à faire passer un message à son ex-épouse.

— C'est là le meilleur exemple d'obsession d'un

esprit malade d'amour, s'est exclamée ma voisine en brandissant le livre.

Je suis en train de déchiffrer un passage sur un dîner de gala chez l'écrivain, avec un canard rôti au menu, quand j'entends une clef cliqueter et du bruit dans l'entrée. Il est onze heures moins le quart, mardi matin, et mon mari a l'air étonné de me voir.

— Il me manquait un livre, dit-il. Je croyais que tu étais au travail.

Il regarde le pull-over que je porte et ne dit rien.

J'explique que j'ai pris une semaine de congé tandis qu'il se dirige vers la bibliothèque, parcourt des yeux les rayons.

— On n'avait pas un livre sur l'interprétation des rêves ? demande-t-il.

Peut-être va-t-il me confier un de ses rêves comme à une bonne amie, m'amenant à lui expliquer que se rêver chaque nuit en oiseau qui plane, ailes déployées, sur la voûte céleste, avec vue aérienne, représente un extraordinaire désir de liberté doublé du besoin impérieux de se débarrasser de tout ce qui subsiste du passé.

Il va chercher un verre et ouvre le robinet. Cela signifierait-il qu'il va s'asseoir pour entamer un dialogue avec moi ? Je vais chercher un autre verre et nous nous tenons au milieu de la cuisine, chacun son verre d'eau à la main, lui près du lave-vaisselle, moi près du réfrigérateur. Par la fenêtre, on commence à distinguer la mer aux crêtes d'écume glacée. C'est moi qui lance la première question.

— Est-ce qu'il y a eu d'autres hommes en dehors de Flóki ?

— Flóki n'est pas le premier, dit-il en se déplaçant pour s'appuyer d'une main au bord de l'évier.

— Pendant qu'on était mariés ?

— Quelquefois, pas très souvent…

— Combien ?

— Pas tant que ça après notre rencontre.

Le mathématicien a l'air de réfléchir. Les vents arctiques font rage dehors. Il relève le col de sa veste.

— Peut-être cinq ou six en tout pendant ces onze années de vie maritale.

Sur les vitres se sont déposés tous les sels de la mer et de la terre.

Je le regarde.

— Quel genre d'hommes était-ce ? Où est-ce que vous vous retrouviez ?

— Ça ne te sera d'aucun secours que j'entre dans les détails. Et je ne vais tout de même pas te faire un dessin de ce que font des amants ensemble. D'ailleurs on ne peut jamais tout savoir, moi-même je serais incapable de t'expliquer.

Il boit une gorgée d'eau et s'éclaircit la voix.

— J'estimais que tu avais ta vie de ton côté.

— Mais j'étais mariée avec toi !

Il me considère avec étonnement, sous un jour nouveau, comme s'il découvrait des aspects de moi insoupçonnés.

— Ce n'était tout de même pas ta seule perspective dans la vie que d'être ma femme. Personne ne dit tout à son conjoint. Du reste, je n'y comptais pas. Et tous tes voyages à l'étranger ?

— C'était des voyages de travail. J'exerce mon activité dans l'aide humanitaire, dis-je comme si j'exposais mes compétences professionnelles à un inconnu.

J'aurais pu préciser mon domaine spécifique : les enfants et les moignons de jambe ensanglantés.

Il se tait un moment.

— Je ne me rappelle pas un seul ami ou collègue qui ne t'ait trouvée belle et qui n'ait eu envie de coucher avec toi.

Je bois une gorgée d'eau.

— Qu'est-ce que tu préfères, que j'appelle Flóki ton amant ou ton amoureux ?

— Arrête de te torturer. Si tu veux, je peux parfaitement jouer le rôle du coupable. Si c'est ça la question, tu n'as qu'à considérer que je suis un salaud.

Après son départ, je me rends compte que j'ai oublié la lettre reçue ce matin qui nous est adressée à tous les deux. Ce qui me surprend le plus, c'est qu'elle soit arrivée maintenant, alors que je ne l'attendais plus.

Je remarque
qu'on a remplacé
le petit papier griffonné à la porte de l'entresol
par une plaque en laiton sur laquelle est inscrit :
Écrivain, spécialiste en interactions humaines.

Je sonne.

Ma voisine jure qu'elle s'apprêtait justement
à faire du café. Sa correspondante lui a envoyé
du café bio de Norvège et du chocolat de Saint-
Pétersbourg achetés au cours d'une tournée du
chœur auquel elle appartient. Je la suis des yeux
tandis qu'elle brise une tablette de chocolat dans un
bol et verse du café dans deux tasses.

— Je me demande, maintenant que nos
échanges sont quotidiens, s'il n'y aurait pas lieu de
passer à un niveau plus professionnel et d'inviter en
conséquence la patiente à s'allonger sur le canapé
de la thérapeute. Il s'agirait pour commencer de
remplir un questionnaire sur les principaux sujets
de discorde entre ton mari et toi.

Elle me glisse une feuille divisée en deux colonnes,
l'une intitulée « Désirs » et l'autre « Regrets ».

— Dois-je remplir ça tout de suite ?

— Non, tu peux l'emporter et t'amuser à le compléter ce soir quand les enfants seront couchés.

Perla sirote son café et croque un morceau de chocolat.

— Un de mes patients s'étant décommandé, il se trouve que j'ai devant moi une heure de libre sur canapé.

Maintes fois mentionné, le canapé se trouve au milieu du salon, comme une île dans la mer. Ce meuble qui provient d'une vente suite à un incendie chez un producteur de cinéma, du temps où elle faisait ses études, a une histoire remarquable ; il apparaît, entre autres, dans une scène fameuse de *Harry dans tous ses états* de Woody Allen.

— Certains de mes patients m'ont avoué qu'une fois étendus sur le canapé ils ont l'impression de jouer dans un film. Le problème dans nos métiers, c'est que parler allongé fatigue davantage les cordes vocales.

Le plus surprenant dans le salon de ma voisine, c'est le grand nombre d'ouvrages au point de croix, coussins et tableaux encadrés aux murs, si bien qu'on se croirait dans une boutique d'art du fil. Perla est en train de broder un oiseau tacheté de brun. En revanche, aucune trace d'ordinateur.

— C'est le messager du printemps, dit-elle,

l'oiseau fidèle qui revient chaque année. Il ne me reste plus qu'à rendre les reflets des plumes.

Après m'avoir fait signe de m'allonger, Perla s'est hissée dans un fauteuil, au chevet du canapé. Étendue sur le dos, j'attends qu'elle entame la conversation.

— Si je peux me permettre un conseil, c'est de commencer au plus tôt le processus de désamour.

— De désamour ?

— Le processus, oui. Plus vite tu descendras Flóki de son piédestal, mieux ce sera. Le premier pas consiste à dresser la liste de ses qualités et défauts, sur deux colonnes, de même que je t'ai demandé la liste de tes désirs et de tes regrets. Tu inscriras les défauts à gauche, dans la première colonne.

— Il me comprenait.

— Tu t'es imaginé Flóki tel que tu le souhaitais. Mais il y a des oui qui veulent dire non et réciproquement. La vie n'est pas un feuilleton américain.

— C'était l'homme de ma vie, dis-je, consciente de la faiblesse de ma voix.

— Tu me l'as déjà dit. Ce n'était tout de même pas un homme sans défauts ?

— Il y a naturellement ces absences nocturnes.

— Oui, c'est clair.

Le silence s'installe tandis que j'essaie désespérément de rouvrir la bouche.

— Beaucoup de gens s'aperçoivent, au moment du divorce, que le timbre de voix de leur conjoint leur a toujours tapé sur les nerfs. Y a-t-il quelque chose dans sa voix qui t'agaçait ?

— Non, rien. Elle était virile et profonde.

Et je dis vrai. Quand tout le reste aura disparu et que je ne pourrai plus chercher à tâtons la chaleur de son corps, il restera sa voix qui se suffit à elle-même, sans paroles ni visage. Je ne me souviens pas forcément de ce dont nous parlions, il est probable que lui, le mathématicien, m'ait entretenue du chaos de l'univers mais je n'enregistre qu'un mot sur quatre parce que je prête l'oreille avant tout à sa voix qui vibre le long de ma colonne vertébrale et s'insinue dans tous mes membres jusqu'au creux des paumes.

— Se caressait-il les narines du petit doigt ?

— Pas que je m'en souvienne.

— Et sur le plan de la virilité ? Rien d'anormal ?

— Non, rien. Flóki n'a aucune difficulté à manifester ses sentiments.

— Si la voiture a un pneu crevé, comment réagit-il ?

— Il change le pneu. Il est adroit et sait tout faire. Il pose le parquet aussi bien que le carrelage.

Ma voisine devrait d'ailleurs s'en souvenir. Flóki n'a-t-il pas réparé la porte de son placard et rebranché son antenne il y a moins d'une semaine ? Voilà peu, c'était les plombs à changer ou des étagères à monter. Il n'y a pas si longtemps, les incursions de mon mari à l'entresol étaient nettement plus fréquentes que les miennes.

— Bien des femmes invoquent comme principale cause de divorce le moment où leur mari se met tout à coup à soigner son bronzage, à se laisser pousser le bouc ou encore à parader avec des santiags en croco. Et du côté de la vanité, était-il très soucieux de son apparence ?

— Pas spécialement.

— Était-il jaloux ?

— Pas vraiment.

J'entends Perla soupirer.

— Pour m'exprimer autrement, y a-t-il quelque chose à quoi ton mari n'était pas bon ?

— Il me disait toujours un mot gentil.

— Je veux parler d'actes plutôt que de paroles.

— Flóki m'offrait tout le temps des fleurs et des cadeaux. C'est lui qui m'a acheté la plupart de mes robes.

À l'évocation des robes, la thérapeute soudain muette se laisse glisser de son fauteuil et opère quelques allées et venues dans la pièce, avec l'expression de celui ou celle qui vient d'obtenir une information décisive, comme si elle avait enfin trouvé la clef de la boîte de Pandore. Ainsi, un inspecteur de la PJ, à l'issue d'un interrogatoire où

la solution se profile, rendra superflus les témoins :
il ne lui reste plus qu'à préciser quelques détails et à
coordonner les pistes pour que saute aux yeux une
vue d'ensemble du problème.

— Des robes comment ?

— Toutes sortes de robes. Par exemple la vert
bouteille que je portais à la Saint-Sylvestre.

— Oui, je l'ai remarquée.

— Et celle que j'avais hier.

— Celle avec les losanges et une ceinture noire ?

— Oui, celle-là.

Perla se tient à la fenêtre du salon et me tourne le
dos.

— Un écrivain n'a pas besoin d'une vue grandiose ou d'un ciel immense pour composer une
grande œuvre, soupire-t-elle. Pas besoin même
d'une maison jumelée.

Elle me demande alors si j'ai plutôt une prédi-
lection pour le coucher du soleil ou pour son lever.

— Ce serait plutôt l'aube.

— L'auteur pour qui je travaille préfère les cré-
puscules.

Elle prend des notes sans rien dire.

— Nous allons en rester là pour le moment, dit-
elle enfin, signifiant que la consultation est
terminée.

Elle ajoute que je peux me détendre un moment
sur le canapé si je le souhaite, pendant qu'elle va

faire la vaisselle. J'entends le bruit du robinet dans la cuisine tandis qu'une grande fatigue s'abat sur moi.

Quand je me réveille avec la sensation de sortir d'un long sommeil, j'ai du mal à me rendre compte de l'heure qu'il peut être. Perla est debout à mon chevet et m'apprend que la séance a duré une heure et que j'ai ensuite dormi une heure.

— Tu es assurément la première à piquer un roupillon sur mon canapé.

C'est alors que le rêve me revient, je le lui raconte aussitôt.

— J'ai rêvé, dis-je en me redressant, que je roulais vers le nord par une route de montagne où je me suis arrêtée pour admirer la vue. C'est là qu'est descendu vers moi un corbeau aux ailes géantes bleu-noir dont l'envergure emplissait le ciel et obscurcissait le monde. Dans son bec brillait un objet qu'il a laissé tomber juste à mes pieds. Je me suis penchée pour le ramasser… et je me suis réveillée. J'ai le sentiment que c'était une bague, mais peut-être pas.

— L'or est un beau symbole onirique, dit l'écrivaine, symbole de chance sous n'importe quel angle. Sous forme de pièces, ce n'est en revanche que de la pyrite à reflets dorés qui peut révéler des pulsions lascives insatisfaites.

Elle semble réfléchir.

— Le nord est également très positif dans les rêves, bien plus que l'ouest ou l'est.

En me raccompagnant à la porte, Perla me fait remarquer que notre chatte semble s'être installée chez l'étudiant célibataire de la maison voisine.

— Si tu m'autorises un petit conseil, enlève les décorations de Noël. Cela te fera du bien. Décrocher les décorations de Noël c'est comme prendre congé d'un vieil ami ou en finir avec une liaison amoureuse inéluctablement vouée à l'échec parce que les partenaires se sont lassés l'un de l'autre ; il s'ensuit un mélange de tristesse et de soulagement. Je t'aurais bien proposé de t'aider si je n'avais pas une autopsie à boucler pour ce soir, en espérant que ce soit la dernière de ma carrière de nègre.

Je la remercie cordialement pour le café et le chocolat.

— Je pensais, poursuit-elle, que nous pourrions régler la séance sous forme de troc. Sans être curieuse de nature, je n'ai pu m'empêcher d'apercevoir du foie gras dans ton frigo. Et il ne m'a pas non plus échappé que tu n'avais pas beaucoup d'appétit. D'où ma question : quelles sont les chances que tu le consommes avant la date de péremption ?

L E   S A P I N   D E   N O Ë L
D A N S   L E   S A L O N
E S T   C O M M E   L ' E M B L È M E d'une fête de famille
réussie. J'enlève les boules une à une et les dépose
avec précaution dans la boîte, rassemble tout le
reste en terminant par les deux anges que les
enfants ont fabriqués. Enfin je dégage avec soin la
guirlande lumineuse des branches qui la retien-
nent.

Avant la naissance des jumeaux, nous passions
Noël de préférence à l'étranger. Présumant que
l'absence d'enfants était un sujet délicat, nos amis
et collègues s'arrêtaient parfois en plein milieu
d'une histoire de lutins entrant par les fenêtres
closes assortie de la surprise et des commentaires
des enfants surgissant le matin, en pyjama, avec
leur botte dans les bras pour montrer le butin que
la nuit y avait déversé.

Notre dernier réveillon de Noël avant la naissance des jumeaux, nous l'avons passé dans un
hammam, sur les terres brûlées d'un continent
lointain. Nous étions alors en pleine procédure

d'adoption. Il fallut bien nous séparer : j'entrai du côté des femmes et mon mari du côté des hommes. C'était l'époque de la récolte des oranges et une douce odeur de fruit flottait dans l'air. Nous nous étions donné rendez-vous à la sortie, mais j'ai dû l'attendre une demi-heure sous une lune énorme qui semblait très proche. Mon mari était étrangement distrait quand j'ai attiré son attention sur ce phénomène singulier. Pour regagner l'hôtel, nous avons traversé en silence les rues étroites et désertes de la vieille ville, un labyrinthe du temps passé. Dans notre chambre, mon mari est aussitôt allé prendre une douche, ce qui est assez curieux en y repensant, puisque nous revenions du hammam. Une fois couchée, j'ai allumé la télé en zappant un peu. Une chaîne étrangère diffusait un vieux film sur la vie du Christ – ce qui, à la réflexion, était également singulier, les films sur la Résurrection étant plutôt programmés à Pâques. Quoique pour mourir, il faut d'abord naître, ai-je pensé, autant qu'il m'en souvienne.

En sortant de la salle de bains, mon mari est allé directement de mon côté du lit et a écarté le drap. La télé est toujours allumée. Le Christ se tient sur le rivage et l'on aperçoit derrière lui des vagues écumantes qui constituent – je m'en rends compte maintenant – un fond de décor novateur pour ce genre d'images. Sa chevelure est gonflée au séchoir et il porte des épaulettes ; la femme accroupie à ses pieds, du fard bleu sur les paupières, a les épaules dénudées et une frange permanentée. Au moment où mon mari s'empare de la télécommande pour éteindre, l'acteur principal se tourne face à la caméra. Debout dans la mousse crémeuse, au milieu de la grève, il me considère fixement. Son visage remplit alors tout l'écran. Il a des yeux en amande, bruns avec un point jaune, un instant nos regards se croisent et la terre fait des vagues sous mon pied marin. La poigne de mon mari est peut-être plus vigoureuse que d'habitude ; un courant de quinze watts me passe par le corps, comme lorsqu'on franchit une clôture électrifiée pour caresser une jument dans un pré.

Cette même soirée, nous avons mangé des tranches d'orange à la cannelle.

Huit mois et demi plus tard naissaient les jumeaux, deux semaines avant terme, la petite d'abord, le garçon quatorze minutes après. Bien que mon mari ait été solide comme un roc à mes côtés, il m'avouera un jour quelle rude épreuve cela avait été.

— Je ne me rendais pas compte que c'était une telle affaire de mettre des enfants au monde.

Il semblait néanmoins follement heureux et fasciné par les petits.

— Ne bouge pas, me disait-il, quand les nouveau-nés se réveillaient la nuit, et il allait les chercher l'un après l'autre pour me les amener au lit. La tétée finie, il les replaçait dans leur berceau avant de les border.

Quand j'étais enceinte, le docteur avait dit à mon mari qu'en cas de nécessité, il lui serait possible de me donner de son sang, nos groupes sanguins étant compatibles. J'avais trouvé belle l'idée qu'un même sang pourrait couler dans nos veines, pour un temps.

Au moment d'enlever le support du sapin de Noël, je découvre un nid sur une branche du milieu, tout contre le tronc. J'écarte les rameaux desséchés pour délicatement le détacher. Petit, tissé finement de brins d'herbe fanée, le fond troué, il fait penser à un écheveau de fils métalliques. L'arbre avait été acheté à une association de bienfaisance. Nous étions en famille et les enfants avaient eu le droit de le choisir, mais leurs goûts différaient. Le petit désirait qu'il soit à peu près de sa taille tandis que sa sœur voulait qu'il touche le plafond du salon. Nous adoptâmes un sapin du Caucase ni trop petit ni trop grand. Cette variété, nous expliqua le vendeur, avait été cultivée dans un petit bosquet de Noël, l'espèce était robuste et conserverait ses aiguilles pendant toute la durée des fêtes.

L'idée me vient tout à coup de montrer le nid à l'amateur d'oiseaux de la maison voisine afin qu'il m'éclaire sur l'identité de son auteur. L'étudiant étant des plus serviable à mon égard, j'en profiterai pour lui demander de sortir l'arbre de chez moi.

Quand je range le dernier ange dans la boîte, le téléphone sonne.

Ce n'est pas mon mari, c'est maman qui m'appelle.

À SON TIMBRE DE VOIX
JE PERÇOIS AUSSITÔT
QU'IL Y A QUELQUE CHOSE qui cloche, elle est
très agitée.

Elle m'a appelée au travail où on lui a répondu
que j'étais en congé pour raisons personnelles ; puis
elle a essayé de me joindre en vain à la maison. Sa
voix tremble.

— J'ai essayé aussi d'appeler Flóki mais son
portable est éteint.

— Il est arrivé quelque chose ?

— Ton père est mort subitement hier soir.

— Papa ?

— Ton père, Albert. Dans sa chambre d'hôtel.
Vers onze heures.

— Mais je venais juste de le rencontrer ! m'ex-
clamé-je, comme si un homme de si fraîche
connaissance et qui devait se rendre à mon invitation plus tard dans la semaine ne pouvait pas se
mettre, comme ça, à mourir.

Elle parle lentement à voix basse.

— Il était seul dans la salle de bains, sans témoin.

— Il a eu une crise cardiaque ?

— Pas vraiment. On ne sait pas encore.

Pour une raison inexpliquée, après qu'on l'eut trouvé inanimé sur le carrelage de la salle de bains, c'est maman qui a été avertie du décès de l'homme devenu involontairement le père de son enfant pendant son séjour linguistique à l'âge de dix-neuf ans, et dont elle n'avait pas eu de nouvelles depuis.

— On t'a appelée ?

— Oui, il avait mon numéro de téléphone sur lui.

— Tu l'as rencontré ?

— Brièvement, au café. Il était très malade et avait perdu le goût de vivre.

— Attends, insinuerais-tu qu'il s'est suicidé ?

Elle me raconte de trois manières différentes l'histoire de la mort de l'étranger dans cet hôtel de luxe dont les chambres font quatre mètres sous plafond. Le récit est flou et elle donne des versions diverses de ce qui s'est passé. Tantôt c'est un café qu'elle a pris avec lui, tantôt c'est un déjeuner léger qu'ils ont partagé. Dans son dernier récit, elle avoue qu'elle venait de quitter l'hôtel quand il a eu son attaque.

— N'as-tu pas dit qu'il était mort le soir ? dis-je.

— C'est exact, à vingt-trois heures dix-neuf. Nous avons dîné ensemble et évoqué le temps passé.

Il y a un silence au bout du fil.

J'arrange un ange blanc avant de refermer le carton.

— Comme tu le sais, tu es l'unique enfant d'Albert, sa plus proche parente. Son homme de loi te prie de le contacter.

— Il avait un homme de loi ici ?

— Oui, comme là-bas. Il possédait un appartement ici.

Ces informations me prennent au dépourvu. Je me le représentais plutôt en touriste coutumier des hôtels et des restaurants.

— L'appartement est en location.

Elle hésite.

— Albert ne trouvait pas correct de rencontrer les jumeaux, eu égard à ton papa.

Puis elle m'annonce que je dois remplir des papiers en raison de l'incinération qui se fera aussitôt après l'autopsie.

— L'autopsie ? Pourquoi faudrait-il le disséquer ?

— Eh bien, dit-elle, embarrassée, la cause du décès n'étant pas tout à fait claire, celui-ci ayant eu lieu de manière inopinée, on doit attendre le résultat de l'autopsie.

Suit un long silence. Je me tiens près de la fenêtre ; dans quelques minutes, il fera de nouveau sombre et je pourrai voir mon reflet sur la vitre.

— Encore une chose, dit ma mère. Il voulait que

tu rapportes ses cendres dans son pays et que tu les inhumes au cimetière, près de sa maison au bord de la mer.

— Hors de question, dis-je. Je ne peux pas m'absenter en ce moment.

Et je lui suggère de se charger elle-même de cette corvée.

— Non, c'est impossible ! répond-elle. C'est toi qui dois régler ses affaires.

— Je devrais régler les affaires d'un inconnu ? N'y a-t-il pas un ami quelconque ou un proche qui puisse s'en charger ?

— Non, il n'y a personne. Il a laissé un testament qui fait de toi sa légataire. Son homme de loi t'accueillera là-bas.

— J'ai rencontré Albert deux jours avant sa mort et je ne sais presque rien de lui.

— La vie est pleine d'imprévus. Tu n'aurais à t'absenter que quelques jours. Les jumeaux resteront chez nous. Papy veut leur apprendre le déplacement des pièces aux échecs.

Elle marque un temps d'hésitation, puis se lance.

— Bergthóra m'a raconté que son papa ne dort plus à la maison depuis plusieurs jours et que tu as pleuré. Elle m'a même dit qu'elle t'avait consolée.

— On travaille à notre affaire.

— Albert m'a appris que Flóki t'avait quittée. J'aurais préféré que tu m'en parles toi-même. Il a remarqué que tu n'avais pas beaucoup d'appétit.

— Excuse-moi, dis-je. C'était plus facile d'en parler à un inconnu. Et puis, ce n'est pas forcément définitif. Il se peut qu'il revienne.

— J'ai bien vu que Flóki avait l'esprit ailleurs quand nous sommes venus dîner chez vous à Noël. J'ai eu l'impression qu'il n'était plus en accord avec lui-même.

Elle hésite à nouveau.

— Il faut que tu manges.

— Je sais.

— Et que tu dormes.

— Oui, je sais.

À l'instant même
où le soleil
patine le monde d'une teinte cuivrée, j'enfile ma doudoune, j'enfouis la tête sous la capuche bordée de fourrure, je traverse en pataugeant les deux cents mètres de zone inhabitée qui me séparent de la plage et du ressac. J'avance pas à pas sur les galets ronds et glissants au-delà desquels s'étend la grève tachetée de blanc. Un brouillard gris s'étale sur les flots et je me contente de rester immobile, les bras tendus contre le vent de mer, une mouette criarde au-dessus de ma tête, puis j'ôte mes chaussures, je relève le bas de mon pantalon et lutte un moment pour garder l'équilibre dans le fouillis d'algues luisantes, jusqu'à ce que l'eau salée m'arrive à la cheville, puis monte jusqu'aux genoux et que je sente la vague s'alourdir. De l'autre côté de l'océan aux vertes profondeurs il y a une autre grève et un cimetière aussi, dans une campagne tranquille qui embaume, je parie, les feuilles nouvelles du printemps. C'est là-bas que je vais devoir me rendre bientôt pour remplir l'austère

mission dont m'a chargée l'homme qui m'a prodigué son génome. Là-bas il me faudra dormir dans un lit étranger, explorer le tiroir de la table de nuit et le tiroir à couverts, plier de nouveau des chemises d'homme et passer en revue les cravates d'un père inconnu.

Plus loin encore, derrière un autre horizon, il y a des enfants qui manipulent des armes automatiques, qui tuent avant d'être eux-mêmes tués. Plus loin, et je m'y connais, vivent au bord des routes, accroupis dans la poussière, ceux qui ont perdu une jambe ou un bras. Là où les bombes explosent et où les enfants terrorisés se bouchent les oreilles.

JE CROISE PERLA
EN RENTRANT
À LA MAISON. Elle tient un sac à provisions qui
semble à peu près vide.

— Tu as laissé la porte ouverte, dit-elle.

— Oui, j'ai dû faire un saut dehors.

— Je t'ai aperçue sur la grève et puis tu as disparu
dans la brume et l'écume du ressac. J'ai cru que tu
t'étais jetée à la mer.

Je lui réponds que je voulais prendre un bol d'air
et contempler l'horizon.

— Dans le froid glacial, bien sûr. On sait ce que
c'est, le désordre des sentiments, quand on cherche
sans fin où reposer son âme, quand on ne se sent
nulle part chez soi, en proie à un spleen chro-
nique…

Elle trouve frappant que je mentionne l'horizon
alors qu'elle vient d'achever un chapitre de son
manuel sur le mariage consacré à certaines questions existentielles où entre en jeu cette lisière aux
confins du monde.

— Cette ligne qui n'existe en réalité que dans

notre imagination. *Qui nous a donné l'éponge pour effacer l'horizon tout entier?*, s'interroge le philosophe.

Perla veut m'accompagner jusqu'à la maison pour être sûre de ne pas me perdre une nouvelle fois sur la grève.

— Je comprends bien que tu trouves inquiétant ce grand ciel qui te surplombe. Cela te paraît peut-être improbable aujourd'hui mais je peux t'assurer que tu vas te remettre. Les gens pensent que tout est fini mais le désir de vivre est plus fort que tout.

Il faut qu'elle descende en vitesse ranger le bacon et le yogourt mais elle va revenir dans la foulée ; en attendant, elle me conseille de ne pas quitter la maison. La revoilà bientôt, une tartelette aux amandes dans les mains et un livre sous le bras.

Je lui apprends la mort subite d'Albert peu après que nous avons mangé ensemble de la lotte à son hôtel.

Perla a coupé la tartelette en deux parts qu'elle dispose sur une assiette. Elle va mettre de l'eau à chauffer pour le thé et me recommande de m'installer confortablement dans mon propre salon pendant ce temps.

— Si ta vie était un roman, dit-elle depuis la cuisine, une telle saturation d'événements dramatiques semblerait peu vraisemblable.

Le temps que l'eau bouille, elle récapitule brièvement ce qu'elle appelle l'avalanche des événements imprévisibles de ma vie.

— Ça commence avec ton mari qui fait son *coming out* et t'abandonne ; ensuite un père biologique qui débarque de l'étranger pour mourir aussitôt de façon inexpliquée dans sa chambre d'hôtel, à la case départ, pour ainsi dire, de votre relation, après avoir déjeuné d'une lotte à la poêle et d'un gâteau au fromage blanc fourré de myrtilles et passé une partie de la journée en ta compagnie. Et, pour couronner le tout, si j'ai bien compris, il te confie le soin de t'occuper à la fois de ses cendres et de son héritage sur une côte lointaine. Si c'était mon auteur qui avait écrit ça, j'en aurais biffé la moitié.

Perla me tend une part de tartelette et une tasse fumante.

— Et si ce n'est pas un condensé de la théorie du chaos, j'y perds mon latin, dit-elle en sirotant son thé.

Toutefois, aussi étrange que cela puisse paraître, le déroulement des événements lui rappelle de manière inquiétante le brouillon du roman dont elle a déjà esquissé les grandes lignes.

— C'est à peine si l'on ose tremper sa plume dans l'encrier de crainte que ce que l'on écrit ne se concrétise à l'étage au-dessus.

Elle se souvient qu'elle a lu un jour un essai

remarquable d'un spécialiste de Nietzsche – le bouquin doit traîner quelque part sur une étagère – et qui traite précisément de cette différence entre les personnages de fiction et les gens véritables.

— Il me semble, María, que tu es une personne esthétique, déclare-t-elle.

Puis elle revient à son propre roman qui parle justement d'une femme qui fait la connaissance de son père d'une manière pour ainsi dire *post mortem.*

— Notre vie n'est-elle pas ainsi faite qu'on connaît les gens après coup, comme dans ton cas, quand ils l'ont quittée ?

Dans le chapitre en cours, il est d'ailleurs question du dernier repas et, incroyable mais vrai, un père et sa fille y dégustent pareillement de la lotte.

— Certes, dans mon histoire, le père ne lègue qu'une bague à sa fille.

— On doit faire une autopsie du corps.

Elle mord dans sa part de tartelette aux amandes.

— J'en connais un rayon sur les autopsies et les morts suspectes. Ma mère s'est fait hospitaliser un lundi pour remplacer sa prothèse de hanche et je devais revenir la chercher le lendemain. Je n'ai jamais obtenu de réponse claire sur ce qui avait mal tourné. Le médecin a insisté pour qu'on l'incinère, ce qui lui assurait de ne pas être poursuivi pour faute professionnelle. Dans mon domaine d'activité, c'est ce qu'on appelle faire disparaître les pièces à conviction.

— Il s'agit seulement de déterminer si Albert est mort d'une hémorragie cérébrale ou d'une crise cardiaque, dis-je.

— L'improbable a bien plus de chances de se produire dans la vie que dans un roman. À la différence de la vie, ce qui se passe dans les livres est plutôt prévisible.

Perla envisage-t-elle un instant que je suis parfaitement incapable de penser à tout cela en ce moment ?

— Je n'ai pas le temps de partir à l'étranger pour liquider les biens personnels d'un inconnu, dis-je.

Ma voisine de l'entresol boit une gorgée de thé.

— Qui sait si tu ne découvriras pas, en retournant les affaires du défunt, quelque matière à roman que tu pourrais éventuellement refiler à un auteur ? Il est bien possible qu'une voie s'ouvre à toi qui te permette de te fondre dans le pouls d'une autre personne, car vous avez le même sang, lui et toi.

L'écrivaine s'est levée et a sorti le carnet de sa poche.

— On s'inspire toujours de la vie de ses contemporains, on recherche dans la souffrance d'autrui quelque chose qui puisse servir, on s'efforce de repérer les événements et les lieux où se manifestent la peur et le désir.

— Si bien que l'écrivain est une sorte de corbeau en quête de verroterie, dis-je en souriant à ma voisine.

— Indéniablement, il y a un certain danger à fréquenter un auteur, dit-elle en époussetant les miettes de sa blouse. Parce qu'il est toujours au travail.

Perla s'excuse, le temps d'un saut à l'entresol. Elle remonte aussitôt, une plante dans les bras.

— J'aurais préféré te donner des chrysanthèmes ou des œillets en raison de ce décès fortuit dans ta famille. Mais comme tu connais bien plus de recettes que moi, j'ai pensé que ma menthe pourrait t'être utile.

Je me baisse pour serrer ma voisine sur mon cœur.

— Tu es sûre de vouloir t'en séparer ?

— Tout à fait, je songe à la remplacer par de la ciboulette.

Elle se souvient alors du livre qu'elle avait sous le bras et qui singulièrement traite du désir d'évasion et des agitations de l'âme.

— Je te laisse donc le récit de voyage d'Árni Magnússon de Geitastekk qui a été le premier Islandais à se rendre en Chine en 1760.

Raccompagnée à la porte, ma voisine descend à reculons. Parvenue à la troisième, un détail important lui revient.

— Figure-toi que le propriétaire de la jeep noire a frappé chez moi hier soir. Le même qui est passé et repassé devant la maison en roulant très lentement ces dernières semaines. Mais là, aucun rapport avec ton mari : il s'agit d'un homme d'âge mûr ni beau ni laid dont une tante a jadis occupé l'appartement de l'entresol. Il lui a fallu du temps pour trouver le courage de frapper à la porte. Il voulait savoir si l'appartement comportait toujours un certain placard à balais où on l'avait enfermé pendant plus d'une heure quand il était enfant. Par chance pour lui, il a trouvé chez l'actuelle occupante des lieux une oreille compréhensive pour ces traumatismes infantiles.

— C'est drôlement chouette de voir le placard en couleur, a-t-il dit, dans mon souvenir tout était en noir et blanc.

LES ENFANTS
SONT AU MILIEU
D'AUTRES ENFANTS quand je viens les chercher
en fin de journée – une escouade de combinaisons
empaillées, silencieuses et engourdies. Frère et sœur
se tiennent par la main comme aux moments critiques. Plus exactement, c'est Bergthóra qui tient la
main de son frère, tous deux très légèrement à
l'écart, en spectateurs plus qu'en participants.

— Votre fils se sentait tout petit, il n'était pas en
forme aujourd'hui, dit la puéricultrice, ça ne
m'étonnerait pas qu'il ait de la fièvre.

Bergthóra serre son frère contre elle en disant :

— Allons, allons, mon petit Bambi.

En sortant de la voiture, je le prends dans mes
bras, sa sœur sur mes talons. Il a le front brûlant et
s'abandonne, inerte, sur mon épaule. Je le couche
dans son lit, lui ôte chaussures, pantalon et pull et
lui donne à boire du jus de pomme. Son petit corps
est tout mou et il se plaint d'avoir mal à l'oreille.
Fragile, il s'alanguit, tout enfiévré dans son débar-
deur blanc, tel un docker dans la fournaise d'un

port méridional. Il pose sa menotte sur ma joue, abaisse les doigts jusqu'au menton, puis s'arrête ; il s'est endormi. Il se réveille peu après pour vomir sur la couette tout ce qu'il a dans le ventre. Toujours bouillant, il reste ensuite prostré à geindre misérablement. Songeant qu'il a sans doute pris froid après sa coupe de cheveux, traumatisé de perdre ses boucles à en tomber malade, je me sens pétrie de remords, vraiment pas à la hauteur de mon rôle de mère.

Ma fille se tient au pied du lit et veut savoir lequel est le plus loin, de Dieu ou du Soleil, et si on arrête de grandir une fois qu'on est mort.

— Est-ce qu'on n'est pas grand quand on meurt ? demande-t-elle.

Je téléphone à Flóki pour lui annoncer que son fils est malade et lui demander s'il peut garder la petite cette nuit.

— Ça risque d'être compliqué. Nous avons des invités ce soir.

Puis il dit qu'il va en parler à sa mère et qu'en tout cas, il trouvera une solution pour Bergthóra.

À peine le combiné raccroché, je regrette de lui avoir donné l'occasion de se prendre pour mon sauveur.

IL OUVRE LA PORTE
AVEC SA CLEF
ET MONTE directement à la chambre voir son
fils couché dans le lit conjugal. Il s'assied au bord
du lit sans enlever sa veste en cuir, visiblement saisi
de voir le petit bonhomme gisant sur l'oreiller avec
sa coupe masculine et qui semble avoir rétréci
jusqu'à n'être presque plus rien, la vulnérabilité
incarnée. Quel regret maintenant de n'avoir pas
ramassé les boucles. Il pose sur la table de nuit des
suppositoires pour faire tomber la fièvre et du sirop
contre la toux.

— Comme tu es beau, dit-il à son fils en lui
caressant la tête. Mon grand garçon, répète-t-il
avec un sourire.

Ému, il pose la main sur le front du petit, puis lui
effleure la joue. Notre fils répond faiblement à son
sourire et referme les yeux. La fièvre ne viendrait-
elle pas plutôt du fait que son papa lui manque ?

— Il s'est souvent inquiété de savoir où tu étais,
dis-je.

Je lui demande ensuite s'il veut bien me prendre

un moment dans ses bras et je m'allonge sur le lit à côté du petit corps chaud. Mon mari s'allonge contre moi dans sa veste en cuir et m'entoure de son bras. Je lui fais part alors de la rencontre et du décès d'un père inconnu et de mon départ programmé à l'étranger pour quelques jours avec une urne funéraire que l'on m'a chargée de placer dans un lieu qu'il aimait, au bord de la mer, auprès d'une tante célibataire, violoncelliste de profession.

— L'arrière-grand-tante des enfants.

— Je suis désolé d'entendre ça, dit-il. J'aurais aimé rencontrer Albert.

— Pour lui dire que tu me quittais ?

— Non, pour mieux comprendre les origines de mes enfants.

Je lui annonce sans transition la bonne nouvelle.

— Une lettre est arrivée au sujet de l'adoption. On peut aller la chercher. Elle nous attend.

— Elle ?

— Oui, c'est une fille.

Il se redresse sur le lit et enfouit son visage dans ses mains. Sa voix est lasse.

— Notre situation n'est plus la même aujourd'hui.

— Pas pour l'enfant. Nous ne pouvons pas revenir en arrière.

Il n'a pas besoin que je lui rappelle depuis combien de temps nous espérions une réponse, mais je ne peux m'en empêcher.

— Ça fait six ans que nous attendons cet enfant.

— Tu veux vraiment te compliquer la vie ?

— On ne peut pas laisser tomber un enfant.

Notre fille apparaît à la porte et dit qu'elle veut être belle et porter une robe. Elle tient mon sac à main.

Son père se lève pour lui mettre son manteau. Il est pressé et me parlera plus tard à loisir.

— J'ai laissé à manger pour toi sur la cuisinière, dit-il, de la lotte frite avec de la rémoulade maison et comme dessert du flan au caramel. Il y en a bien assez pour deux.

Il ajoute sans me regarder :

— Si tu veux inviter Perla ou ton admirateur de la maison d'à côté.

Et puis il promet de prendre les jumeaux pour le week-end si Bambi va mieux.

— Björn, pas Bambi, dis-je.

— Oui, Björn. Comme ça, tu auras un peu de temps pour toi.

Il ne dit pas : Comme ça tu pourras errer toute seule dans l'appartement telle une âme en peine en t'interrogeant sur l'inconstance des préférences sexuelles et comment un penchant si marqué a bien pu t'échapper aussi longtemps.

J'allais lui demander de laisser la clef de la porte d'entrée, mais il m'a devancée.

— À l'avenir, je sonnerai.

Il retire la clef de son trousseau et la pose par-dessus la lettre sur l'étagère de l'entrée, à côté des bonnets et des moufles des enfants.

Mon fils vomit trois fois pendant la nuit, mais au matin il se lève frais et dispos. Affamé, il réclame un puzzle et son petit déjeuner. Sa fièvre est tombée. Il pourra donc rendre visite à son père et à l'amant de celui-ci pendant le week-end, en même temps que sa petite sœur. Quant à moi, j'aurai quarante-huit heures devant moi pour inventorier la forme et le fond de la souffrance.

AU-DEVANT DE MOI

S'ÉTEND

UNE IMMENSITÉ DE TEMPS, tout un désert à mon usage exclusif.

Après leur départ, je commence par aller acheter de la peinture. Dans la boutique, le vendeur met longtemps à mélanger les couleurs.

— Ça fait donc quatre litres de rose soutenu et quatre litres de bleu outremer, dit-il en posant pinceau et rouleau sur le comptoir à côté des pots. À vrai dire, je ne me souviens pas d'avoir vendu du bleu outremer depuis mes débuts dans le métier. Pour quelles pièces allez-vous l'utiliser ?

— Une chambre d'enfant et une chambre à coucher.

— Je présume que c'est la chambre à coucher que vous allez peindre en bleu outremer, dit l'homme en me souriant.

De retour à la maison, je m'attaque d'emblée à la deuxième chambre.

Je déplace la commode de ma grand-mère María et pousse le bureau de Flóki au milieu du parquet.

Une fois le lampadaire de ma belle-mère allumé, je brandis le rouleau. Quand j'y pense, Flóki et moi faisions vraiment bande à part. Il était mon meilleur ami, mon *alter ego*, et j'ai perdu presque tout contact avec mes anciennes relations. Je n'éprouve d'ailleurs aucun besoin de rencontrer des gens, ni de discuter de mon mari avec quiconque ; personne ne saurait me faire avouer que je me suis trompée sur l'homme que j'aimais.

La première couche de peinture achevée, je m'aperçois que Flóki a oublié le lion en peluche qui partage les nuits de Bambi.

Je téléphone aussitôt pour lui dire que Richard Cœur de Lion n'a pas été du voyage.

— T'en fais pas, répond Flóki sans conviction.

Il sait pourtant bien que son fils déjà orphelin de mère ne pourra jamais s'endormir sans son animal en peluche.

Dix minutes plus tard on sonne, je vais ouvrir, un pinceau gorgé de rose vif à la main. C'est l'amant de mon mari dépêché comme garçon de courses qui s'est lancé au petit trot dans la tourmente pour récupérer le doudou indispensable au sommeil de mon fils. Il tient en laisse un chien au pelage ras, à la langue pendante et aux paupières tombantes, et m'explique que Flóki est en train de faire la cuisine. Découpé dans le ciel rosé, l'homme qui fait le bonheur de mon mari porte un bonnet noir. Pendant que je m'en retourne chercher le lion, il franchit le seuil. L'entrée est étroite et nous nous retrouvons, celui qui répond au désir de mon mari et moi, chacun contre son mur, à un bras de distance. Il faudrait que je me rapproche davantage pour m'assurer que le léger parfum d'after-shave est bien celui que mon mari utilise.

— Flóki m'a dit que tout était fini entre vous, dit-il.

Je lui tends le jouet sans piper mot et referme la porte sur ses talons. Il y a quatre noms gravés sur la plaque de laiton fixée à la porte d'entrée. Il faudra que je me souvienne de commander une nouvelle plaque dès demain, en enlevant le premier nom.

— Je suis simplement
venue te dire
que le canapé est libre.

Ma conseillère personnelle se tient sur le seuil, vêtue d'un survêtement violet et chaussée de baskets blanches, un carton de pizza dans les bras. Elle soulève le couvercle.

— Pepperoni et cœurs d'artichauts, annonce-t-elle en entrant. Offerte par la maison.

Pinceaux en main, je lui explique pourquoi je ferai l'impasse sur notre séance aujourd'hui, elle me suit d'une pièce à l'autre avec sa part de pizza, pour évaluer les travaux.

La couleur de la nouvelle chambre lui évoque divers souvenirs, comme le jour où sa mère et sa tante confectionnaient du boudin de mouton et l'avaient laissée coudre les boyaux avant de les remplir.

— Quand les critiques parlent de forte coloration chez mon auteur, poursuit Perla, ils soulignent sans le savoir un caractère dominant de mon style.

Le commun des mortels s'imagine que le sang est

incarnat. Or sa couleur, m'explique Perla, dépend entièrement de son stade de coagulation et peut aller du rose pâle au bleu-noir. Le sang du boudin, par exemple, est d'un rose presque phosphorescent, comme saisi par l'éclat de la bassine.

— Il y a une photo de moi à l'âge de cinq ans où je suis debout sur une chaise, en pleine préparation du boudin, toute maculée de sang, présage de mon futur domaine d'activité.

Nous nous asseyons, chacune avec sa part de pizza. Ma voisine ouvre deux petites bouteilles de soda à l'orange et m'en tend une.

— Tu te souviens que dans mon manuel sur le mariage je songeais à intituler un certain chapitre *Les cygnes ne divorcent pas,* avec comme sous-titre *Mais les humains, oui.*

— Oui, non, si, ça me revient.

— Figure-toi que je suis tombée sur un article traitant d'un couple de cygnes en Écosse qui se sont trouvé chacun un autre conjoint.

— Il y aurait donc des exceptions ?

— C'est la deuxième fois en quarante ans que des scientifiques constatent le divorce chez des cygnes. La raison en est l'absence de progéniture. Ce qui retient toutefois l'attention, c'est que les deux nouveaux couples résident très près l'un de l'autre, au bord du même lac, mais qu'ils font semblant de s'ignorer. Moralité, il me faut un nouveau titre.

— Et en as-tu un en vue ?

— Pas vraiment, c'est là le problème.

Elle boit une gorgée de soda.

— Il y a bien un titre, *Bonheur sans mélange*, que j'avais l'intention d'utiliser pour une histoire de meurtre, mais comme j'en ai ma claque des romans policiers, je pourrais sans doute le recycler dans mon manuel. Mais l'effet qu'il fera en anglais me pose problème : *Flawless happiness*. Le malheur, c'est qu'après toutes ces années de métier, je n'ai pas encore rencontré de mariage témoignant *d'un seul vouloir, d'un seul sol, d'un seul soleil*, comme dit le philosophe. Certes, cette citation est tirée d'un article sur la discorde entre collègues. *L'Énigme du mariage*, voilà un autre titre qui m'a trotté dans la tête au moment de m'endormir cette nuit. « Il ou elle est pour moi une énigme » compte parmi les constats les plus courants exprimés par les patients à propos de leur conjoint. *Le Mystère du mariage* pourrait aussi entrer en considération ; en référence à la série des *Mystères* d'Enid Blyton que je dévorais quand j'étais enfant. Essentiellement pour l'exotisme des plats évoqués, d'ailleurs. En revanche, je crois tenir un bon titre pour un roman sur une femme qui fait la connaissance *post mortem* de son père. Il s'agit de *la Théorie du chaos*, que je verrais bien aussi pour un scénario de film. Avant qu'un autre et meilleur titre ne vienne le supplanter, conclut l'écrivaine en vidant sa bouteille de soda à l'orange.

Le soir

je me dis soudain

que je pourrais m'octroyer une pause, laisser là ma besogne de peintre en bâtiment pour aller au cinéma. Je pourrais me faufiler dans la salle obscure sans avoir à croiser qui que ce soit, ni subir les commentaires de nos connaissances qui l'ont toujours su, qui ont vu ce qui crevait les yeux. Sans même que nous nous soyons disputés dans la rue ou qu'un règlement de comptes ait eu lieu en public. Et pourquoi ne pas demander à Perla si ça lui dirait de m'accompagner.

— Techniquement parlant, je suis libre, dit ma voisine sur le pas de sa porte. Il doit bien y avoir quatorze ans que je ne suis allée au cinéma, quand ma mère et moi sommes allées voir *Forrest Gump*.

Elle court juste se changer séance tenante. Lorsqu'elle reparaît, elle porte une veste en daim vert et a relevé ses cheveux. En chemin vers un film qu'elle veut absolument voir, Perla me raconte qu'elle a été autrefois invitée à danser au bal du collège par un garçon aux cheveux blonds et bouclés pour qui elle avait eu le béguin et auquel elle avait rêvé tout un hiver.

— Plus tard, j'ai découvert qu'il s'agissait d'un pari entre garçons pour voir qui aurait le culot d'inviter la naine à danser.

Bien plus tard, elle apprit que le damoiseau aux boucles blondes avait perdu une main dans un accident.

Parvenues à destination, nous nous partageons les tâches. Perla entre dans la salle pour nous assurer des places aux premières loges, comme elle dit, tandis que je fais la queue au comptoir des rafraîchissements. Alors que je m'apprête à rejoindre la salle, chargée de deux sachets de popcorn et deux gobelets de soda, quelqu'un m'interpelle. C'est Elín, une collègue de mon mari qui achète des caramels en attendant une amie en quête d'une place où se garer. Elle tend sa carte de crédit à la jeune fille derrière le comptoir.

— Je suis désolée pour Flóki et toi. Je viens d'apprendre la nouvelle au sujet des mecs.

— On travaille à notre affaire, dis-je.

— Je dois quand même avouer, poursuit-elle en signant la note de ses emplettes – sans que je sois sûre qu'elle s'adresse à la jeune fille ou à moi –, qu'il aurait fallu être aveugle pour ne pas remarquer les avances que Flóki faisait à mon Vésteinn il y a deux ans, à la fête du personnel. Il le poursuivait jusque dans la cuisine.

J'ai croisé son mari une fois à la piscine ; assis en maillot sur une chaise pliante dans la vapeur chlorée, Vésteinn, qui s'était laissé aller ces dernières années, attendait la fin du cours de natation de son fils cadet au bord du bassin. Sex-appeal ou séduction n'étaient pas exactement les premiers mots qui venaient à l'esprit en le voyant. Pas facile non plus de qualifier de passionnant ou de profond cet excellent père qui le week-end avait pour habitude d'emmener ses deux garçons visiter des expositions de voitures. À la différence de Flóki et moi qui faisions tout ensemble, la femme de Vésteinn allait au cinéma et au théâtre avec ses amies. « Vésteinn s'endormirait au milieu », avait-elle admis une fois. Elle semblait néanmoins plutôt satisfaite de leur union.

Dans la voiture, en rentrant avec Flóki de la fête du personnel, je m'étais interrogée sur ce qui pouvait lier Elín à son amour de jeunesse. « Vésteinn a sûrement des qualités que sa femme connaît mieux que nous, avait objecté mon mari avec un sourire. Il n'appartient à personne de juger ce qui se passe dans l'intimité d'un couple. »

— J'ai peine à croire que ton mari soit le genre de Flóki ! dis-je en tournant les talons.

Perla me fait signe au moment où je me faufile dans la pénombre ; elle a choisi deux places dans une rangée du milieu.

— Alors ce sera mon dîner, dit-elle en recevant le sachet de popcorn.

Le film s'inspire d'un célèbre roman où il est question d'un survivant de l'apocalypse qui cherche à sauver son fils après que toute vie a disparu de la surface de la Terre. Nous restons à nos places pendant l'entracte, mais dès que le générique défile à l'écran, nous nous levons pour sortir dans la nuit.

— As-tu remarqué l'acteur d'origine danoise qui a les yeux verts ? dit Perla en boutonnant le col de sa veste en daim. J'ai pensé que ça te remonterait le moral de voir ce film.

Et elle entortille son foulard rayé autour de son cou.

QUAND JE SORS DU LIT
IL RÈGNE DANS LA MAISON
UN SILENCE de cataclysme qui se brise en
cristaux dans mon crâne, comme après un raz-de-
marée qui aurait submergé la Terre et dévasté notre
île – la banquise arctique aurait-elle fondu d'un
seul bloc ? L'absence des miens est si oppressante
que j'ai le sentiment d'être la seule à avoir survécu.
Le silence est assourdissant. Existe-t-il ailleurs au
monde un silence comparable à ce calme plat
blanchi de givre, qui donne l'impression d'être
enveloppé d'une mousse blanche synthétique ?

Les chaussons des enfants traînent devant leurs
lits vides, leurs jouets éparpillés ajoutent à ce décor
de drame familial. Je reste assise au milieu de leurs
affaires. Comment ai-je pu être la seule à survivre,
prisonnière ici ? Même la chatte a disparu hier et ne
s'est plus montrée. J'ai l'impression qu'elle a désormais plus ou moins élu domicile chez son sauveteur
de la maison voisine.

Tout en buvant mon café, je me demande si
Flóki a déjà donné le petit déjeuner aux enfants.

Pense-t-il à moi en contemplant les traits fins de son fils, ou lorsqu'il bavarde avec sa fille – tout le portrait de sa mère ? Est-ce que le petit réclame sa mère ?

— Je veux ma maman, pleurniche-t-il.

Et si les deux petits me demandaient à toute heure du jour, comment l'amant de mon mari prendrait-il la chose ? Mon ex-mari ne regrettera-t-il jamais la mère de ses enfants ?

On frappe à la porte de communication avec l'entresol à l'aide d'un trousseau de clefs et ma voisine fait son apparition, attirée par l'odeur du café. Elle a passé une nuit blanche, sans arriver à écrire quoi que ce soit de valable et elle a tout raturé au fur et à mesure.

— Mon rendement est au-dessous de zéro. Je ne suis plus sûre de pouvoir porter la responsabilité des mots.

Le seul bilan de sa nuit de travail est une réflexion plutôt superficielle sur l'heure incertaine de la mort.

— Je me suis plus d'une fois saignée aux quatre veines, j'ai donné tout mon sang à d'autres auteurs. Au moment où j'allais enfin voler de mes propres ailes et écrire mes propres œuvres, voilà que je perds les mots. J'ai bien des idées, ce n'est pas ça qui manque, mais au lieu d'éclater tous azimuts comme un feu d'artifice, elles hibernent, prennent leur retraite, entrent au couvent, sans que j'arrive à cerner les événements. Quoi que j'écrive, la beauté n'y est pas. Ça ne change pas grand-chose que j'aie une lampe avec une ampoule de soixante watts sur ma table de cuisine – ma version du soleil pour me requinquer l'âme dans les ténèbres –, il n'y a plus trace en moi de sentiment lyrique.

Perla feuillette le journal en sirotant son café. Elle change de sujet.

— C'est la deuxième année consécutive que l'on assiste au nouvel an à la mort inexpliquée d'oiseaux dans une petite ville des États-Unis, on en a compté plus de cinq mille. On suppose que ce sont les feux d'artifice qui les désorientent et font qu'ils se cognent contre les arbres et les maisons.

Elle repose le journal, beurre une tartine sur laquelle elle dispose quatre tranches de fromage et tend la main vers le pot de confiture.

— Les atrocités du monde dépassent de loin tout ce qui défile dans les pages de mon auteur de polar.

Elle soupire.

Avec en tête l'idée de distraire l'écrivaine, je vais chercher le nid au salon.

Elle l'examine de près, le tourne et le retourne en tous sens. Le fond troué retient particulièrement son attention.

— Nombreux sont les plumitifs obsédés par les sous-entendus. Si un romancier introduit un nid, c'est qu'il y voit un symbole. Un nouveau départ ou une nouvelle vie, comme un oisillon ou un enfant, sans aller chercher plus loin.

Elle pose le nid sur la table et prend tout son temps pour finir sa tartine.

— Cependant, force est de constater que ce nid est vide. Ce qui peut suggérer un abandon ou qu'on s'est libéré d'une entrave. On ne saurait toutefois oublier qu'un nid vide recèle diverses possibilités inexploitées et qu'il peut notamment signifier une certaine revendication d'indépendance.

Après un instant d'hésitation, Perla se reprend :

— Mais comme ta vie n'est ni un roman ni un rêve, il en va différemment pour toi.

— Comment ça ?

— Absence de sens.

Perla se lève d'un air résolu. Elle doit retourner à ses travaux, reprendre son manuel sur le mariage là où elle l'a laissé.

— Au moins, avec le mariage tout roule !

Elle me confie qu'elle songe désormais à intituler son livre *Guide pratique du mariage*.

— Comme ça, les gens sauront de quoi ça parle.

Le chapitre sur lequel elle travaille actuellement traite de l'attirance physique réciproque. Elle s'interroge sur ce qui se passe exactement à l'instant où une relation cesse d'être amicale pour devenir amoureuse.

— D'habitude les personnes concernées se mettent d'emblée en quête d'indices sur la façon dont se dérouleront leurs rapports. Prenons par exemple la manière dont un individu caresse un chat, le gratte derrière les oreilles ; voilà qui donne de précieuses indications. La question se pose alors : l'objet de mon désir sera-t-il plutôt enclin à la domination ou à la soumission ?

Depuis le perron, elle regarde vers la maison voisine. Puis elle enroule une mèche de cheveux et la glisse sous son bandeau.

JE SUIS EN TRAIN
D'APPLIQUER
LA DERNIÈRE COUCHE de peinture lorsque la
sonnette retentit. Je baisse le volume du *Requiem* de
Mozart et vais ouvrir, un pinceau mouillé en main
et des taches sur mes vêtements.

Le génie protecteur de la maison voisine se tient,
souriant, sur le perron. Il est en quête d'un batteur
de cuisine. J'y vois une occasion de lui faire sortir le
sapin de Noël et je l'invite à entrer.

Je commence par lui montrer le nid.

Il l'examine un bon moment, étudie les rameaux
enchevêtrés avant de rendre son verdict. Bien qu'il
déclare porter un intérêt particulier à la facture des
nids, la texture de ce réseau serré de tiges dessé-
chées reste pour lui indéchiffrable.

Je lui dis que nous avons acheté l'arbre à une
association de bienfaisance.

— C'est un tissage particulier, dit-il avant d'examiner le sapin dépouillé comme s'il détenait la clef
de l'énigme.

Tout en caressant les aiguilles sèches du revers de

la main, les sourcils froncés, il m'explique l'extra-ordinaire variété des nids, allant de quelques brins d'herbe ou d'un petit creux dans la terre tapissé d'une feuille jusqu'à des entrelacs de brindilles très compliqués.

— Et puis il y a aussi des oiseaux qui ne font pas de nid et pondent sur la terre nue, comme les pluviers dorés, les courlis et les sternes, ou même sur une corniche rocheuse, à quelques millimètres du bord. Les conditions idéales pour élever les petits prennent parfois des aspects étonnants.

En ce qui concerne les anciens occupants de ce nid, il estime probable qu'il s'agisse d'oiseaux migrateurs fourvoyés au-dessus de l'océan ou de volatiles débarqués d'un navire en passagers clan-destins. Et il dresse le portrait d'un petit oiseau brun-beige qui aurait échoué sur un bosquet de conifères de cette île sans arbres où l'on pratique une sylviculture expérimentale pour produire des sapins de Noël.

— En conclusion, dit l'ornithologue en s'ados-sant au mur, il m'est impossible de déterminer l'espèce qui a nidifié ainsi l'été dernier, ni même le nombre d'œufs pondus.

Il me regarde droit dans les yeux. Les siens sont marron foncé.

— À vrai dire, finit-il par déclarer en rougissant – et je lui découvre alors une fossette –, on dirait la couronne d'épines du Christ.

Un ange passe.

— À part ça, j'aurais bien besoin d'un coup de main pour me débarrasser du sapin.

Mon homme de peine traîne aussitôt l'arbre jusqu'au balcon, le soulève au-dessus de la balustrade et le laisse choir sur un tas de neige en contrebas. Voilà une affaire rondement menée.

— J'ai remarqué que vous aviez accroché un hamac dans le jardin, dit-il. Vous êtes sûrement la seule personne sous ces latitudes à installer un hamac début janvier. Je vous ai vue couchée dedans hier soir, par un vent glacial. Je dois vous avouer que j'ai traversé la haie un peu plus tard pour l'essayer, mais je n'ai pas tenu le coup plus de deux minutes. Les traces suspectes dans la neige sont donc les miennes.

Il affiche un grand sourire.

Son expression me laisse penser qu'il n'en a pas tout à fait fini.

— Il se trouve, dit-il, que je viens de faire des gaufres, peut-être que ça vous dirait de passer chez moi. Il ne me reste plus qu'à fouetter la crème.

Étant *stricto sensu* très occupée à peindre, je lui dis que je ne serai libre que dans une heure.

— Je vous attendrai, dit-il.

Les pinceaux posés,

le pot de peinture refermé, je cours à la maison voisine sans même prendre la peine de lacer mes baskets.

L'appartement embaume la pâtisserie et j'ai comme l'impression que le maître de maison a fait le ménage et rangé chaque chose à sa place. Il confirme mes soupçons.

— J'ai profité de cette heure d'attente pour ranger un peu.

Manifestement, il s'est aussi donné un coup de peigne.

Pendant qu'il file à la cuisine pour finir la dernière gaufre, je furette partout. La porte de la chambre à coucher est ouverte ; le lit est fait, la couverture bien tirée, des meubles de diverses provenances forment un ensemble disparate. On dirait qu'il a emporté une partie de sa chambre d'adolescent en quittant la maison familiale. La table est mise : deux assiettes, deux tasses, un bol de crème fouettée et un pot de confiture – rouge clair comme de la gelée de groseille. Sur la table, des livres bien empilés. Ils traitent tous d'ornithologie, du mode de vie des oiseaux, de leur capacité de vol, des rythmes biologiques, de leur vie amoureuse, de leur degré de sociabilité, des phénomènes migratoires. Revenu avec une assiette pleine de gaufres, il m'explique que la plupart de ses meubles proviennent d'un vide-grenier.

Je lui tends le nid avec un sourire.

— C'est pour vous.

Il sort un livre illustré, l'ouvre et feuillette brièvement le chapitre sur la structure des nids. Il met le doigt sur une photo.

— Je me suis creusé la tête à propos de ce nid. Sa structure s'en rapproche assez, bien qu'à la fois semblable et différent. On penserait plutôt à la corbeille du tisserin des tropiques, mais c'est impensable qu'un passereau de cette espèce ait pu arriver si loin au nord.

Un serin cini guère plus grand qu'un papillon, croit-il savoir, a été porté par les vents jusqu'à l'île. Il y a même eu des tempêtes telles qu'une chauve-souris aurait survolé tout un océan avant de se retrouver bloquée ici. Aucun de ces volatiles n'a toutefois survécu à l'hiver, constate mon voisin en étalant trois cuillerées de crème sur la gaufre moulée en cœur avant de l'avaler.

— À de nombreux égards, ce nid s'affranchit de la classification traditionnelle, conclut-il après avoir dégluti.

Il compte en envoyer une photo à un ornithologue étranger de sa connaissance.

De mon côté, je me montre toute disposée à
écouter des chants d'oiseaux, comme il me le
propose. Une fois son ordinateur portable rapatrié
de la chambre à coucher, il met un petit moment à
retrouver les symphonies d'oiseaux qu'il me
destine. Puis nous restons assis là, silencieux, à
prêter l'oreille au chant de la gent ailée.

Après quoi, je l'interroge sur ses études.

— Les cours sont intéressants ?

— Ça peut aller. Je me suis tout de même parfois
demandé si je ne me laissais pas trop monopoliser
par les oiseaux.

Il écarte sa frange et change de position. La table
basse nous sépare.

— L'été dernier, j'ai travaillé à la rénovation
d'une maison jumelée. Et, pour l'été prochain, j'ai
trouvé du boulot dans la construction d'une
prison. Il faut multiplier les expériences pour
grandir et s'ouvrir au monde, ajoute-t-il.

Après quelques revers et plusieurs séjours à
l'étranger, l'image qu'il se fait de lui-même n'est
pas très claire et il considère qu'il est encore en for-
mation, à l'état d'hypothèse ouverte.

Il change encore de position, écarte les cheveux de
son front. Je sens qu'il a quelque chose sur le cœur.

— J'ai appris que vous étiez en train de divorcer, dit-il d'un air tendu.

— On travaille à notre affaire.

Le garçon aux oiseaux change encore de posture.

— J'ai remarqué que votre mari est venu chercher les enfants.

— Oui, ils sont chez lui pour le week-end.

— Ce qui pourrait signifier que vous êtes en train de divorcer ?

— Ce n'est pas encore vraiment définitif.

Posé à côté des livres d'ornithologie, un appareil photo sophistiqué tranche sur l'ameublement. Je lui demande s'il fait beaucoup de photos.

— D'oiseaux ?

Il fait aussi bien des photos d'oiseaux que d'êtres humains, c'est sa grand-tante célibataire qui lui a offert l'appareil.

— J'allais justement aborder la question, poursuit-il. Voilà un petit bout de temps que je voulais trouver le courage de vous demander si je peux en prendre une de vous.

— Vous voulez dire un portrait ?

— Oui, je ne parlais pas d'une photo de nu. Sauf si vous le souhaitiez.

Il sourit et me regarde comme un homme, je souris aussi. Que je sois en tenue de peintre n'a selon lui aucune importance.

Quand je lui demande si je garde ma queue de

cheval ou s'il préfère que j'ôte l'élastique, il me répond que je peux tout à fait la garder.

— Mes amis trouvent que vous êtes la plus belle femme qu'ils aient vue.

— Et je les ai rencontrés, vos amis ?

— Non, mais ils vous ont vue passer. Ils sont scotchés à la fenêtre quand ils viennent chez moi.

— Je vois.

— Ils recherchent tous une femme ayant de l'expérience.

— Et j'entre dans cette catégorie ?

— Oui, ils trouvent remarquable que vous travailliez pour les victimes de mines antipersonnel.

— Plus précisément dans la fabrication de jambes artificielles.

— C'est ce que je leur ai dit. Vous êtes le genre de personne à qui on a envie de parler de choses importantes.

Il recule d'un pas, braque l'appareil et appuie sur le déclencheur. Il prend quatre photos de moi dans un premier temps, toutes de profil.

— J'ai davantage l'habitude des oiseaux, dit-il en abaissant son appareil et en se rapprochant.

Il me fait poser contre le mur, recule sur le tapis en coco et prend un nouveau cliché, puis le voilà revenu aussitôt à moi pour plaquer la main sur mon dos et me pousser plus près de la fenêtre avant de reculer d'un pas.

— Et vous allez montrer vos photos de moi aux copains ?

— Non, elles resteront strictement privées, dit-il, revenu tout contre moi.

Je lui caresse les cheveux tandis qu'il pose l'appareil sur la table en teck.

Quand je m'apprête à repartir, il veut m'offrir le CD d'un organiste féru d'ornithologie qui passait des heures en forêt à écouter les oiseaux.

— Et comme je te disais : si tu as besoin d'un coup de main, n'hésite pas. Pour n'importe quoi.

— Oui, merci encore d'avoir déblayé la neige. Sinon, on n'aurait pas pu sortir de la maison.

— Si tu as besoin d'aide pour peindre, dis-le-moi. Ou même pour garder les enfants pendant que tu vas faire les courses.

— Merci pour les gaufres.

— Savais-tu, ajoute-t-il sur le seuil de la porte, que les oiseaux se réfugient dans un creux pour mourir ?

En jetant un regard vers la pelouse, j'ai un instant l'impression que quelqu'un se tient près du hamac. À mieux y regarder, c'est la housse de couette rayée que ma voisine a suspendue au fil à linge. Par moins dix degrés, la housse entortillée autour de la corde pendouille, paquet oblong blanchi et gelé par la tourmente. Toutefois, je ne me soucie guère en rentrant chez moi de vérifier si les rideaux frémissent ou non sur mon passage. Ce n'est tout de même pas comme si mon voisin ornithologue venu me restituer le batteur de cuisine trônait tout nu au milieu du jardin sur un tas de neige.

APRÈS

PLUS DE VINGT-QUATRE HEURES

SANS NOUVELLES de mon mari, il me semble que j'entends un gargouillement derrière lui au téléphone.

— Tout va bien avec les enfants ?

— Oui, tout va.

— Ils prennent leur bain ?

— Non, ils s'amusent.

— Seuls ? Personne ne les surveille ?

— Si, Flóki, pendant que je suis là à te parler. Nous venons de rentrer de la piscine.

— Que veux-tu dire par nous ?

— Exactement ce que je dis. Nous sommes allés à la piscine avec les jumeaux.

— Flóki Karl aussi ?

— Oui, nous y étions ensemble.

— De sorte que vous avez commencé à vous montrer tous les deux dans la rue avec les enfants.

— Si tu choisis d'appeler ainsi la piscine.

Silence au bout du fil.

Il faut que je pose une question à mon mari, sans

plus tergiverser.

— Et pendant notre voyage de Noël avant la naissance des jumeaux, il y a eu quelqu'un ?

Il accuse le coup. Sa voix change et c'est avec lassitude qu'il murmure :

— Ce n'est pas difficile d'entrer en contact avec des hommes. Le monde en est plein.

Il aurait pu répondre : Écoute, la vie d'avant c'est fini, il faut tourner la page, réveille-toi, regarde les choses en face.

— J'aimerais racheter ta part de l'appartement.

— D'accord.

— C'est possible de faire une demande de divorce par Internet ?

— Ça ne presse pas tant que ça.

Puis j'entends qu'il hésite et sa voix change à nouveau.

— J'ai appris que tu avais trouvé un baby-sitter dans la maison d'à côté.

— Tu seras toujours
ma belle-fille,

dit-elle, essoufflée sur le perron et tenant un grand carton qu'elle a emmailloté de scotch brun.

Je suis encore en pyjama, dans le pull de Flóki enfilé à la hâte en descendant ouvrir.

Bergthóra, ma belle-mère, décline mon aide ; elle introduit avec peine le carton et le dépose précautionneusement sur la table basse du salon. Elle précise qu'elle passe juste en coup de vent.

— Je me trouvais dans le quartier, dit-elle en évitant de me regarder en face, et j'ai décidé de voir si tu étais à la maison.

Elle ne fait aucune mention de son fils unique qui vit à présent dans la rue voisine, ni du pull qu'elle lui a offert pour son anniversaire.

Quand elle ouvre le carton, apparaît un service en porcelaine décoré d'oiseaux bleus.

Elle s'assied sans enlever son manteau.

— Il est pour six personnes, mais il manque une soucoupe, tout le reste doit être intact. C'est Lúdvík qui l'a cassée, dit-elle, et je vois qu'elle en est navrée.

Je ne lui demande pas qui est Lúdvík.

— Je souhaite que le service aux mouettes aille aux enfants plus tard, je te le confie, dit-elle. Ce seront mes seuls petits-enfants.

Plus de doute, le fils unique a mis sa mère au courant.

Mes relations avec Bergthóra ont toujours été sans heurts mais nous n'avons jamais été proches. Depuis la naissance des enfants, nous avons un sujet de conversation ; elle me pose des questions et je réponds. Il arrivait à Flóki de faire un saut chez sa mère, le soir, et parfois d'y rester pour regarder un feuilleton à la télé avec elle.

— Il ne tenait pas en place, c'est tout juste s'il prenait la peine d'entrer, se plaint-elle à présent.

Les jumeaux commencent seulement à manger leur porridge sans aide et voilà qu'il m'incombe de conserver pour eux un service en porcelaine pendant au moins deux décennies. Peut-être devrais-je dès maintenant le partager équitablement entre eux, trois tasses et trois soucoupes par enfant.

Ma belle-mère a beau dire qu'elle est pressée, elle ne fait pas mine de partir.

Il apparaît que les jumeaux ont passé la première nuit chez leur grand-mère car « les garçons donnaient une soirée » et avaient peur que cela les empêche de dormir. Ses explications sont multiples et décousues, elle raconte que les petits ont mangé de la compote d'abricot avec de la crème et que Björn a réclamé du rab, qu'ensuite elle leur a lu l'histoire de Blanche-Neige et des sept nains et que ma fille a dit qu'elle connaissait une naine.

Elle a le sourire incertain des gens qui veulent être compris.

— Flóki et moi avons eu une longue conversation quand il est venu chercher les enfants hier matin. Je ne me rendais pas compte à quel point mon pauvre fils était malheureux, avec toutes ces aspirations et ces rêves refoulés. Il m'a dit que ça n'avait pas été facile de renoncer à son ancienne vie. C'était un message de détresse et il a eu la chance que quelqu'un l'entende.

Devrais-je profiter de l'occasion pour demander à ma belle-mère si son fils avait nettement conscience de son sexe, étant petit? Dois-je l'interroger sur tel ou tel aspect de son enfance, s'il a joué à la poupée, par exemple? Sûrement répondrait-elle alors: Non, je ne m'explique pas l'homosexualité de mon garçon.

— Il faut du courage pour oser changer de vie et je suis vraiment fière de mon Flóki. J'ai l'impression de faire sa connaissance une nouvelle fois et je lui en serai éternellement reconnaissante.

— Je ne savais pas que Flóki avait une double vie.

— Double et pas double. Qui n'a pas plusieurs visages, si on cherche bien ? On est toujours dans un jeu de rôle. Ce n'est pas facile d'être un homme de nos jours et mon Flóki a dû endosser beaucoup de rôles différents, en tant que fils, mari, père, scientifique.

— Nous avons deux enfants d'à peine plus de deux ans.

— Je pense que nous serons d'accord pour dire que Flóki fut un père modèle.

Il ne m'échappe pas qu'elle parle de son fils au passé, comme d'un mort.

— Nous avions l'intention d'adopter un enfant.

— Il ne m'en a rien dit.

Elle resserre l'écharpe autour de son cou.

— J'ai toujours pensé que mon Flóki deviendrait un artiste. C'était l'enfant le plus délicat et le plus sensible qui soit.

Et elle me raconte l'histoire de ce jour d'été où elle venait de planter des pensées et où son fils unique était entré peu après avec un joli petit bouquet pour sa maman.

— Il était là, du haut de ses quatre ans, tenant les pensées du jardin plantées le matin même, souriant jusqu'aux oreilles en me tendant le bouquet.

Après le départ de ma belle-mère, il me faut trouver un endroit pour le service en porcelaine. Je décide de mettre provisoirement le carton dans la chambre fraîchement repeinte, sur le bureau de mon mari, à côté du lampadaire qu'il devra bientôt venir chercher.

Je me fraie un passage dans la pénombre, le carton entre les bras, j'allume le lampadaire et dépose le carton avec précaution sur la table. Puis j'esquisse un pas en arrière, m'emmêle dans le fil électrique et voilà que la lampe de ma belle-mère s'écrase sur le sol dans un grand fracas de verre brisé. Je tâtonne dans le noir à la recherche du globe et de l'ampoule en miettes sur le parquet, quand soudain mes doigts effleurent le fil électrique à incandescence ; une vive douleur me percute. La foudre du courant me passe par le corps. Je suis prise dans un manège qui tourne à toute vitesse, j'ai le vertige et tout devient clair.

Je vois la lumière.

— J'ai vu la lumière,
dis-je à Perla.

— Et il t'a fallu un électrochoc. Ce n'est pas le genre de thérapie que je recommanderais.

Elle va chercher un coussin qu'elle place derrière mon dos.

— Tu as de la chance d'être encore en vie. J'ai entendu un bruit de casse et quand je suis montée, tu déambulais dans un état second, tout exaltée d'avoir vu la lumière. C'est un miracle que la porte de communication n'ait pas été fermée.

Je lui donne du souci.

— Pendant quelque temps, il vaudrait peut-être mieux laisser les portes ouvertes, n'en fermer aucune. Tu t'es tout de même coupée et brûlée en l'espace d'une semaine et j'ai cru un moment que tu allais te noyer dans la mer. Si tu ne m'avais pas eue à demeure – écrivaine travaillant sous le même toit – ça aurait pu mal finir. C'est comme si j'étais en permanence de garde, depuis que ton Flóki a fait son *coming out*. Heureusement que je viens de me procurer une trousse de premiers secours.

Elle achève de me panser la main avec beaucoup plus de gaze que ne le justifie ma petite brûlure.

Je lui raconte la visite de ma belle-mère.

— Oui, elle est venue quelquefois chercher des affaires ou des vêtements pour les enfants quand tu étais en voyage. Flóki n'avait pas l'air d'être beaucoup à la maison.

Perla me tend un verre d'eau.

— Je serais curieuse de connaître le voltage nécessaire pour que ma protégée voie la lumière.

— J'ai eu la révélation de ce que je devais faire.

— Et que comptes-tu faire ?

— Aller chercher l'enfant.

Perla veut que je me mette au lit avec un bon livre. Elle ne peut toutefois pas me recommander le roman qui lui est tombé des mains cette nuit, œuvre d'un auteur étranger primé.

— Les femmes s'y expriment comme des hommes, entre deux coucheries avec le héros de l'histoire, un bonhomme chauve et d'âge mûr qui évoque étrangement l'auteur. De toute ma vie je n'ai jamais rencontré pareilles femmes. Je ne connais d'ailleurs aucun homme qui se rapproche de ce type de héros, en dépit des deux cents et quelques individus mâles que contient mon fichier. Si j'avais encore le goût d'écrire un polar, j'y verrais bien un certain écrivain, invité à un festival littéraire, retrouvé assassiné dans un parterre de fleurs.

Perla doit faire un saut chez elle. Elle en revient avec un tas de livres choisis pour moi dans sa bibliothèque.

— Je suggère que tu restes bien tranquille au lit jusqu'à ce que Flóki te ramène les enfants ce soir.

Elle aligne sur la couette Rilke, Auden, García Lorca, Edmund White, Shaw, Russel, Wittgenstein, Genet, et puis elle en choisit un, l'ouvre et me le tend, le doigt posé sur un vers.

— Personne ne décrit la beauté d'un corps masculin aussi bien que García Lorca.

Pendant que je lis le poème, Perla s'en retourne me préparer une soupe. Comme je ne dispose que d'une carotte et deux pommes de terre, elle se charge de tout. Mais elle revient m'annoncer peu après que, son frigo étant vide, la soupe se fera plutôt sur ma cuisinière. Elle a apporté son marchepied. Comment faut-il s'y prendre pour préparer les lentilles brunes qu'elle a trouvées dans mon placard ?

— Les mettre à tremper, hein ?

Ma voisine me consulte de temps à autre sur le temps de cuisson des carottes, pour savoir où je range les bouillons cubes ou encore si j'ai des lunettes de ski pour se protéger les yeux en coupant les oignons. Elle profite de l'occasion pour discuter avec moi en me passant tel ou tel livre posé sur la couette.

Elle saisit un recueil de poèmes qu'elle feuillette.

— Écoute-moi ça :

J'ai tendu dans le noir
une main tâtonnante
et j'ai trouvé une autre
main tâtonnante.

Quand elle m'apporte le bol de soupe, une heure et demie plus tard, elle s'excuse du temps pris par la préparation du menu.

— C'est que j'ai davantage l'habitude de manier la plume que l'épluche-légumes, dit-elle.

La base de sa recette étant des lentilles, le liquide est brunâtre. Elle y a rajouté un bout de bacon provenant de son frigidaire. La pénurie de matières premières à l'entresol s'explique par les deux mois de salaire que lui doit son auteur.

— Je passe mon temps à l'adjurer de prendre des risques, mais il ne comprend pas, de quelque façon que je formule la chose.

Lors de leur dernière réunion au sommet, elle lui aurait suggéré de faire en sorte que l'assassin pousse un auteur de roman policier à succès dans un précipice, par exemple du bord de la falaise.

— Je vous mets au défi de vous faire assassiner vous-même, lui ai-je dit, et ainsi d'esquisser les contours d'une nouvelle approche narrative avec une plume trempée dans le sang de vos propres souffrances.

Elle secoue la tête.

— Mais il n'écoute pas, il se fait construire une maison jumelée.

MON MARI TIENT
UN ENFANT
SUR CHAQUE BRAS. Il regarde autour de lui d'un
air étonné.

— Dis donc, tu as drôlement bossé. C'est toi qui
as déplacé la table de la salle à manger ? Et le buffet ?

Une odeur de peinture flotte dans l'air.

— Tu as repeint ? demande-t-il en jetant des
coups d'œil à la ronde.

J'essaie de démêler ses sentiments derrière cette
expression de surprise ; me trouve-t-il trop
prompte à tout changer ou bien s'étonne-t-il que
l'envie de dormir dans une chambre bleu outremer
gagne le cœur de sa femme ? Un instant, il me
semble avoir de nouveau le dessus et j'en éprouve
une joie sans bornes. Je prends les enfants et les
étreins longuement.

— J'ai décidé de changer un peu, dis-je.

En pressant les enfants contre moi, je sens
l'odeur d'une autre lessive. Leur père ouvre une
valise d'où il sort leurs vêtements de rechange. Je
constate qu'ils sont propres et repassés.

— Tu les as lavés ?

— Flóki s'en est occupé.

— Tu sais que Björn est allergique aux lessives agressives.

— Je le lui ai dit. Il paraît que cette marque est spécialement destinée aux enfants à peau délicate.

Les jumeaux s'aperçoivent que le sapin de Noël a disparu ; ils courent partout, l'étonnement peint sur le visage. Björn a le tour de la bouche tout bleu.

— Ils ont mangé de la glace aux myrtilles, dit mon mari en guise d'explication.

Quand je l'interroge sur Vésteinn, il me sourit tout en débarrassant le petit de sa parka. Je m'applique à évaluer la sincérité de ce sourire – le premier depuis l'an dernier. Il me paraît d'une grande nervosité. La fermeture Éclair de la parka se coince. Il se concentre sur la tâche sans plus me regarder ; on dirait que ses mains tremblent.

— Non, pas Vésteinn, répond-il enfin avec une cassure dans la voix. Vésteinn n'est pas mon type. Je croyais que nous avions toujours été du même avis question sex-appeal.

Puis c'est comme s'il allait ajouter quelque chose, mais il hésite, évitant de croiser mon regard.

Je profite de ce flotttement, pas question de lui accorder le bénéfice du doute.

— Tu en es bien sûr ?

Il me jette un rapide coup d'œil, cette fois sans

sourire.

— Deux ou trois fois tout au plus, on ne peut pas appeler ça une liaison.

Puis c'est comme s'il remarquait seulement ma main bandée.

— Tu t'es blessée ?

Ma main focalise soudain l'attention.

— Maman a bobo ? demande mon fils.

Tous examinent le pansement, leur père a l'air soucieux.

Je lui avoue que j'ai heurté par inadvertance le lampadaire de sa mère et cassé le globe.

— J'en suis navrée, dis-je.

Il me regarde, vraiment étonné.

— Ce n'est qu'une lampe, dit-il.

— J'en achèterai une autre.

— Non, María.

Et j'aimerais bien savoir s'il compte emporter la panoplie de couteaux :

— Je les ai empaquetés, dis-je.

— Je comprends que tu sois blessée, ajoute le père modèle en disant au revoir aux jumeaux. Mais il va falloir que tu surmontes tout ça. Les enfants n'ont pas encore dîné.

Je ne peux pas
continuer

À nourrir les petits avec des restes d'oie et de langoustines. J'inspecte le contenu des placards, en sors un paquet de spaghettis, une boîte de tomates, de l'ail, de l'huile d'olive et j'aligne le tout sur la table.

Tout en faisant la cuisine malgré ma main bandée, je tente d'interroger frère et sœur sur leur week-end, mais ils sont fatigués et ont bien peu à raconter. Ils ne sauraient d'ailleurs relater les conversations entre adultes, rapporter les nuances des voix, les mimiques et autres détails révélateurs. Ils ne sont pas à l'unisson, hésitent quant à l'enchaînement des épisodes d'un week-end qui semble avoir été bien occupé. J'essaie de recomposer les fragments de récit d'enfants de deux ans et demi. Bergthóra dit que Bambi a eu peur du phoque, mais lui réplique que ce n'est pas vrai. On peut logiquement en déduire qu'ils ont visité le zoo et ses phoques, qu'ils sont également allés à la piscine et sans doute à la bibliothèque, ou alors au musée. Ils ont aussi passé une nuit chez mamie Bergthóra et mangé des crottes au chocolat au petit déjeuner. Leur papa leur aurait lu un livre sur une girafe et sur un petit garçon qui était de couleur marron. Bambi dit qu'il n'a pas pleuré quand leur papa est parti mais Bergthóra prétend que grand-mère et elle l'ont consolé.

Je ne trouve pas l'ouvre-boîte. Quand je m'apprête à arroser de sauce tomate en tube leur portion de spaghettis, ils se montrent perplexes. Cette nouveauté les rebute, ils refusent que j'ajoute un petit tas rouge sur les filaments farineux. Contrairement à ce qu'on imagine, les enfants n'ont aucune faculté d'adaptation : ils sont conservateurs par nature et exigent que tout demeure immuable.

J'essaie d'inventer un jeu avec les spaghettis. Je vais chercher un miroir pour qu'ils voient leur visage après quelques cuillerées.

— Bêta, dis-je.

— Bêta, répète le petit après moi.

Je présume qu'il s'en remettra plus vite.

— Papa va rester chez Flóki Karl, dit sa sœur.

Elle m'explique qu'on leur a mis un tablier et qu'ils l'ont aidé à fabriquer un gâteau au chocolat.

Donc l'amant fait des gâteaux comme l'ex-épouse, si je comprends bien.

Je m'aperçois assez vite que le chien de l'amant l'emporte sur tous les autres événements du week-end et les a entièrement conquis. On leur a permis de le tenir en laisse et de le caresser. Ma fille dit qu'il est doux et mon fils qu'il a une grande langue.

C'est plus facile d'avoir un chien qu'un enfant, *a fortiori* deux, qui sèment le désordre et mettent tout sens dessus dessous. Alors qu'on peut s'asseoir devant la cheminée avec son amant et bavarder autour d'un whisky tout en caressant le pelage de l'animal. Y a-t-il une cheminée chez Flóki ?

ÉTANT

LA PLUS PROCHE PARENTE

D'UN PARFAIT INCONNU, c'est à moi qu'il incombe d'aller chercher le certificat de décès d'Albert et de régler les formalités pour son incinération. Je téléphone à mon travail pour annoncer que je serai en congé une semaine de plus. Peut-être davantage. C'est ma collègue qui prend le message.

— C'est triste d'apprendre ce qui arrive à votre couple.

Juste avant la crémation, tandis que le prêtre s'emploie à lire l'Hymne à la charité de saint Paul, Flóki vient se glisser sur un banc à côté de maman. Il tient à la main un bouquet de roses blanches. Car mon mari fait bloc avec sa femme quand l'imprévu se présente sous la forme d'un beau-père inconnu qui meurt subitement dans sa chambre d'hôtel.

J'aurais beau parler toutes les langues des hommes et des anges, si je n'ai pas la charité…

Je réalise alors que je l'ai fort rarement vu en costume. L'a-t-il emprunté à son amant, lequel aurait en plus noué le nœud de sa cravate ? Je suis moi-même en tailleur bleu foncé, mais il ne me regarde pas.

... je ne suis qu'un cuivre qui résonne, une cymbale retentissante.

En comptant le prêtre, nous sommes donc six en tout. Outre Flóki, maman et moi, il y a un homme de loi et un représentant de l'ambassade. Nous nous trouvons en terrain neutre, venus rendre hommage à un homme auquel ne nous relie aucun souvenir commun ; ce n'est pas comme si nous avions partagé avec lui une expérience quelconque, par exemple observer ensemble une éclipse de soleil sans rien dire.

Je me demande quel banc Flóki aurait choisi si c'est moi qui avais été dans le cercueil. Serait-il à côté de nos enfants ou bien seul et à l'écart, ou encore avec Flóki – ou bien seraient-ils assis ensemble avec les enfants au milieu ? Je me doute bien que sa place dans la chapelle dépendrait de l'âge des jumeaux. Si je disparaissais maintenant, disons si je me tordais le pied sur une pierre glissante de la grève et qu'une vague m'emportait, Flóki et Flóki pourraient être assis chacun avec un enfant dans les bras. Mais si mon mari était vieux, peut-être côtoierait-il un amant plus jeune et Flóki Karl se trouverait éventuellement à l'autre bout de la chapelle.

Sur le cercueil repose une couronne de roses blanches commandée par maman. Est-ce qu'un jour je ferai poser une couronne identique sur le cercueil de Flóki, de la part des enfants ? Et qui sait si les jumeaux n'auraient pas la lubie de nous faire inhumer côte à côte, Flóki et moi, sous une même pierre tombale, séparés dans la vie, réunis dans la mort ! Les exemples ne manquent pas d'enfants qui font enterrer ensemble leurs parents divorcés depuis longtemps, surtout s'ils n'ont pas refait leur vie.

… j'aurais beau avoir toute la foi jusqu'à transporter les montagnes, s'il me manque l'amour, je ne suis rien.

Difficile de savoir à quoi pense maman, pendant la crémation et à la fin de la cérémonie, quand elle salue son gendre à son habitude, d'un baiser et d'une petite tape sur les deux joues.

Flóki lui tend le bouquet de fleurs. L'esprit ailleurs, maman lui demande des nouvelles des jumeaux ; elle semble avoir maigri. La prof de langues est redevenue une lycéenne de dix-neuf ans et son chagrin me prend au dépourvu. Est-elle en train de se remémorer l'été où ils se sont connus ? Portait-elle alors une robe à fleurs, avec un bandeau dans les cheveux, ou bien un simple short ? Est-elle vexée que le père biologique de son enfant ait saisi l'occasion d'une brève visite sur notre île pour succomber ?

— Ton papa était occupé, il n'a pas pu venir, me dit-elle.

Le temps qu'elle échange quelques mots avec l'employé des pompes funèbres, Flóki et moi restons dans le crachin, sous un ciel brunâtre. Quand je lui réclame un moment d'attention, il me répond qu'on va venir le chercher d'un instant à l'autre.

— On ne peut pas laisser tomber un enfant que nous avions décidé d'adopter, lui dis-je. Nous allions lui donner un foyer et une chance dans la vie.

— Tu veux vraiment être mère célibataire de trois enfants, María ?

— On ne va pas trahir ce gosse sous prétexte que tu as fait ton *coming out*.

— Ma situation aujourd'hui est différente de ce qu'elle était il y a cinq ans. Ma vie est très incertaine ces temps-ci.

Il desserre son nœud de cravate.

— Je ne peux pas prendre sur moi toute la souffrance du monde comme tu le fais.

Survolant le parking des yeux, il ajoute que si je désire malgré tout poursuivre l'aventure toute seule, il n'y fera pas obstacle.

Je lui déclare que ma décision est prise.

— Je vais tout combiner en un seul voyage,

j'irai d'abord porter les cendres d'Albert chez lui et puis j'irai chercher la petite.

Flóki s'éclaircit la gorge. Il ôte sa cravate et l'enroule avant de la glisser dans sa poche.

— Alors je tâcherai de te soutenir, dit-il.

Je lui explique que je vais m'envoler vers une ville où il se rend souvent pour son travail. J'y passerai une nuit puis je gagnerai par la route la maison d'Albert au bord de la mer avant de poursuivre mon itinéraire.

Il libère un bouton de son col de chemise, puis un autre.

— Il se trouve que je suis en déplacement à la même période. Je crois bien que nous allons nous retrouver dans la même ville au même moment.

Il considère tour à tour les bancs vides à l'intérieur de la chapelle et la pluie fine à l'extérieur.

— Un contrat à conclure, précise-t-il.

— Flóki viendra avec toi ?

— Non, j'y vais seul.

— On pourrait peut-être se voir là-bas et discuter ensemble autour d'un café ?

— On pourrait. Prendre un café ensemble.

En partant, il me serre rapidement contre lui et dit que je porte un beau tailleur.

Et puis quelque chose lui revient.

— Tu sais, je m'en fiche du lampadaire, je

croyais que tu voulais t'en débarrasser.

Je le suis des yeux tandis qu'il court rejoindre la voiture blanche qui l'attend.

— C'était comme
albert l'aurait
souhaité, dit maman revenue près de moi. Pas
de discours mais la lecture de l'Hymne à la charité
de saint Paul.

Je lui demande si l'autopsie a donné un résultat.

— Oui, non… dit-elle en boutonnant son
manteau.

Puis elle passe à autre chose :

— Je vois que tu l'aimes encore.

— Ne t'en fais pas pour moi. Ce n'est pas comme
si j'avais perdu un enfant.

— Il faut que tu lâches prise et que tu le laisses
partir. C'est la seule façon.

— Je pensais qu'il reprendrait peut-être ses
esprits si on lui fichait la paix un moment.

— Il n'est pas seul. Prends garde à ne pas
ruminer dans ton coin.

— J'y veillerai.

— Je sais que tu n'es pas du genre à passer des
heures devant le miroir à admirer tes hautes pom-
mettes, mais il faut que tu penses à toi.

Avant de partir, elle me tend une bague sertie d'une pierre rouge vif.

— Albert me l'a laissée pour toi. Il voulait que je te la remette. C'est une variété de calcite, une pierre qui polarise la lumière et permet de voir le soleil même à travers une épaisse couche de nuages.

C ERCUEIL ET CORPS

SE TRANSFORMENT

EN CENDRES en l'espace de deux heures et
pendant que les réactions chimiques s'effectuent, je
vais faire mes courses. Le poissonnier me considère dans mon tailleur chic tandis que je choisis
une lingue bleue dans le bac du comptoir. Retournée à la voiture, je reste un petit moment devant la
boutique à parcourir un livret sur la crémation et la
réglementation du transport de restes humains
d'un pays à un autre.

— La seule obligation est que l'urne funéraire
soit inhumée dans un délai d'un an, me dit le
préposé.

Je signe un reçu en échange du vase.

Plus lourd qu'il n'en a l'air, le récipient en bois
teinté de blanc porte une étiquette adhésive indi-
quant les dates de naissance et de décès, le numéro
et le lieu de l'incinération.

— Un kilo et demi de cendres, quatre kilos et
demi en tout avec l'urne, dit l'homme qui ne
s'attendait pas à me voir avant le lendemain. Les

proches cherchent parfois à ouvrir l'urne pour y prélever de la cendre à l'aide d'une cuiller à café qu'ils mettent ensuite dans des petits flacons de parfum vides, dans le but de la disperser sur une montagne chère au disparu ou de la conserver dans le tiroir d'une table de chevet. Mais il y a un risque de respirer involontairement la cendre. C'est arrivé que des proches du défunt en contractent une pneumonie. Quand c'est une femme qui signe le reçu, je prends l'exemple du tiramisu : il faut faire attention à ne pas respirer le cacao dont on a saupoudré la crème. La plupart des hommes voient mieux l'idée avec un vieux parquet, ils savent bien que pour le poncer, mieux vaut porter un masque.

Sortie avec les restes terrestres de mon père de sang, je pose l'urne sur le siège passager et la cale à l'aide de la ceinture de sécurité. Mes descendants âgés de moins de trois ans grignotent des biscuits sur le siège arrière.

— Qu'est-ce que c'est ? demande ma fille.
— Qu'est-ce que c'est ? demande mon fils.
— C'est un vase, dis-je.

Bien contents
de pouvoir dormir

CHEZ PAPY ET MAMIE, les enfants ont autre chose à faire que de me dire au revoir. Ils sont déjà par terre avec leur boîte à joujoux et le grand-père à quatre pattes. Perla va s'occuper de la plante qu'elle vient de me donner et arrosera, en passant, deux autres fleurs, tandis que le garçon aux oiseaux se propose de garder la chatte, d'ailleurs en demi-pension chez lui.

— De toute façon, elle a déjà au moins deux pattes sur quatre chez moi.

Enfin tranquille, le soir, je commence par jouir de la solitude. J'ouvre la porte-fenêtre, inspire l'air froid puis l'expire. Il y a un petit tas de neige sur le balcon et un tabouret, oublié là depuis l'été dernier. Je le déblaie avant de m'y asseoir. Un mur de froid m'encercle comme si la banquise allait s'étendre sur moi ; j'aspire une goulée d'air et tire sur les manches de mon pull pour m'en recouvrir les mains. Il fait nuit noire mais je sais l'existence des sorbiers qui se ramifient dans l'obscurité bleutée et du hamac alourdi de neige. Des marches de pierre mènent du balcon au jardin ; dans un coin, le bac à sable des jumeaux, solidement gelé. Il faudra attendre la fonte pour qu'ils puissent à nouveau crapahuter dehors avec leurs seaux de bâtisseurs de châteaux, les joues et les mains brunies, et expérimenter la loi de la gravité au moyen d'un ambitieux monument de sable noir qui s'écroule aussitôt, tandis que leur mère se laissera bercer par une douce brise dans le filet ailé et contemplera le ciel à travers les feuilles de sorbier.

Je descends lentement l'escalier qu'on n'emprunte qu'en été, longe d'un pas assuré la piste menant à l'arbre, me fraie un passage au travers d'une épaisse congère et parviens au hamac. La neige évacuée, je m'étends de tout mon long. Le froid remonte par les manches de mon pull, le long de mon dos et sous la nuque, il pénètre jusqu'au ventre et mon corps douloureux peu à peu s'anesthésie. Les paupières closes, des cristaux de glace plein les yeux, j'essaie un instant de mourir en beauté, de m'endormir avec, sous les paupières, cette lumière blanche qui éclaire brièvement tous les recoins de l'univers. Et le hamac oscille comme un pendule, comme une vague qui monte et descend tandis que mon ressac intérieur suit cet ondoiement. Je sens une odeur iodée, je sens une odeur de poirier, je vois un bec jaune, des yeux jaunes, très distincts, très proches, nous nous regardons dans les yeux, la chouette et moi.

Je m'octroie quelques minutes de plus, allongée ainsi. C'est alors que j'entends de nouveau le corbeau. Je me redresse et scrute l'obscurité, essayant de localiser le cri et de distinguer le reflet bleu-noir du plumage. L'oiseau s'est posé sur la balustrade du balcon où il replie ses ailes sombres comme un hélicoptère qui viendrait d'atterrir. Je ne parviens pas à distinguer si c'est le même qui est revenu. De retour à la maison, je prends deux tranches de saucisse de foie de mouton dans le frigo et ressors faire un petit creux dans la neige pour y caler le bol.

Perla est venue
me dire au revoir
et pour la première fois depuis longtemps,
elle n'a pas emmené son carnet. L'urne renfermant
les restes terrestres de mon père trône au milieu du
salon mais Perla n'y fait pas allusion. Elle dépose à
côté sur la table le paquet qu'elle tenait jusque-là
sous son bras.

— Je présume que c'était comme un retour à
soi, dans l'apaisante sécurité du cocon de la petite
enfance.

Je lui souris en proposant du thé.

Comme les feuilles du plant de menthe sont
maintenant au nombre de huit, elle suggère que
nous prenions plutôt une infusion avant d'aller
dormir. Pendant que je mets l'eau à bouillir, elle
coupe six feuilles et en dispose trois dans chaque
tasse.

— Je profiterais bien moi aussi du hamac aux
beaux jours, dit-elle. Qui n'aimerait pas faire un
somme en plein air par beau temps ?

— Tu as donc changé d'avis ?

— La vie bifurque constamment. Il n'est pas de personne plus mûre que celle qui change sept fois par semaine sa façon de penser.

Je lui apprends que Flóki part à la même date.

— Il va dans la même ville.

— Voilà un hasard suspect, mais peut-être est-ce un hasard quand même.

Pendant que la tisane infuse, elle m'observe en train d'envelopper l'urne dans du plastique à bulles. Elle a l'air grave, préoccupé.

Elle m'avoue qu'elle s'est disputée avec l'auteur de polars.

— Je lui ai envoyé ma lettre de démission. Le fond du problème, c'est que j'en avais ma claque des intrigues linéaires. Je ne vois aucune raison d'étancher la soif du lecteur qui réclame un début, un milieu et une fin. Aussi ai-je proposé une structure en forme de toile d'araignée.

Au bout de dix minutes, l'infusion a pris une teinte vert clair que l'ex-propriétaire de la plante trouve encore un peu trop pâle.

— Si nous prenions pour exemple les événements de ta vie, María, ces dernières semaines, je ne vois pas comment on pourrait comprimer un tel chaos pour le faire entrer dans le cadre d'un livre de trois cent cinquante-deux pages.

Elle goûte à sa décoction.

—Avec deux morceaux de sucre, ce sera délicieux.

Perla secoue la tête et m'observe tandis que je mets des vêtements d'enfants dans une valise.

—J'ai dit à mon auteur que je ne lui fournirai plus un seul mot et qu'il lui faudra se débrouiller sans moi. L'ennui c'est qu'il me tanne sans arrêt : « Encore un livre, un seul », supplie-t-il, pendu à ma fenêtre comme un matou à la saison des amours. Encore heureux qu'il ne faille pas lui donner du lait chaud.

—Je pars demain matin.

Elle pousse le paquet vers moi.

—Tu m'excuseras, mais je n'avais que du papier cadeau de Noël.

Je l'ouvre : c'est un coussin. Je reconnais l'oiseau que Perla brodait pendant que j'étais sur son canapé.

—Le reflet des plumes du pluvier doré, c'est ce qui m'a pris le plus de temps. Il aurait été plus simple de m'inspirer de ton ami du balcon, d'un beau noir uni.

Je dispose mon cadeau sur le canapé, je la remercie et me penche pour la serrer sur mon cœur. Elle se détourne et boit une gorgée.

—Je me rends bien compte que j'ai dû être un peu envahissante par moments, dit-elle, le dos tourné. Mais je ne voulais pas que tu ailles te noyer dans la mer. On se sent bien seul quand on partage sa vie avec des gens qu'on a, pour la plupart, soi-même inventés.

IL FAIT NUIT D'ENCRE
ET JE FERME SANS BRUIT
LA PORTE D'ENTRÉE, vérifiant la poignée pour plus de sûreté, avant de m'éloigner dans le brouillard givré. J'ai peu de bagages : une valise pour l'enfant et moi, ainsi que les vestiges terrestres de mon père biologique dans le sac de sport de mon mari.

En même temps que ma carte d'embarquement, je tends mon passeport, le certificat de décès et une autorisation de sortie du territoire pour des restes humains. À l'aéroport, l'agent de contrôle me dévisage, chuchote quelque chose à son collègue ; ils m'examinent tous deux et suivent des yeux le sac Nike qui disparaît sur le tapis roulant dans l'appareil à rayons X. Trois employés se sont alignés face à l'écran pour regarder par-dessus l'épaule du préposé à l'analyse des contenus. Le sac passe sans encombre. À la cafétéria, je l'installe sur le siège en face de moi car je prends soin de ce qui m'a été confié. Dans l'avion, ma place jouxtant une sortie de secours, l'hôtesse m'aide à caler le sac de sport dans le compartiment à bagages.

— C'est fragile, dis-je.

Au lieu de me demander si ce sont les cendres d'un proche parent que je transporte dans une urne enveloppée de plastique à bulles, l'hôtesse me propose un coussin. Je lui réponds que tout va bien. Elle n'a pas à redouter que j'ouvre la porte à trente mille pieds d'altitude pour répandre des paillettes de cendre sur les maisons endormies. Le passager assis près de la fenêtre me raconte qu'il va retrouver une femme qu'il a connue au cours d'une randonnée à cheval. Et il commande un autre verre de gin tonic.

Pendant le vol, je regarde des films entre deux tasses de thé au lait. Le premier parle d'un couple marié depuis dix ans, avec deux enfants, et dont les liens se sont distendus. Bien habillés, ils gardent la même coiffure impeccable durant tout le film malgré la traque acharnée d'un gang de truands. Leur cuisine regorge d'appareils ménagers et de nourriture, et les époux revêtent leur pyjama avant d'aller au lit, le mari boutonnant le sien jusqu'au cou. Puis il se tourne vers sa femme, l'embrasse et éteint la lumière. Au réveil, le lendemain matin, ils sont toujours en pyjama. C'est alors qu'il y a une panne de son, ce qui m'oblige à visionner le film jusqu'à la fin en version muette. L'occasion de m'apercevoir que le jeu du couple d'acteurs se résume à trois types d'expressions. Lorsque mon voisin a fini d'arranger mes écouteurs et s'est commandé un troisième gin tonic, je change de canal. J'hésite entre une comédie romantique sur une femme qui ne croit pas au grand amour et un film sur le parcours d'un homme désabusé. J'opte pour l'homme désabusé mais je l'abandonne vite, passant à un autre film où il est question d'une lutte mouvementée pour sauver le monde des griffes d'un redoutable consortium d'armement. Au moment où les forces du bien font leur entrée en scène sur mon petit écran, l'avion pénètre dans une zone de turbulences et l'hôtesse passe et repasse dans la coursive pour récupérer les tasses. Mon voisin se hâte de finir son gin tonic.

Quand je quitte l'aéroport, le ciel est bas. Il pleut. À la station de taxis, la file d'attente n'est pas très longue. Je tiens le sac Nike bien serré contre moi.

— Nous ne sommes plus très loin de la maison, Albert, dis-je en ouvrant la portière.

LE CHAUFFEUR
D'ÂGE MOYEN EST
À SON AVANTAGE dans un blouson beige, et bien
que coupés courts, ses cheveux bouclés restent
touffus et rebelles. Les bagages de trois générations
casés dans le coffre, il s'installe au volant et oriente
le rétroviseur de manière à pouvoir m'observer.
Il me demande comment je trouve le décor par la
vitre. Nous sommes toujours à l'aéroport.

— Bien, dis-je.

Il se retourne pour m'offrir une datte extraite
d'un sachet.

— Elles sont bio, dit-il. Elles viennent de mon
pays. J'en emporte une vingtaine au travail pour la
journée, en misant sur dix-sept à vingt clients par
jour. Il y en a qui ont peur quand je leur offre une
datte, même bio. Ils me disent : « Non merci »,
et tournent la tête vers la fenêtre. Ça me donne
l'occasion d'étudier leur profil. Avec les chaussures,
c'est le profil qui en dit le plus long sur la person-
nalité.

Il met le contact, son clignotant, et quitte

l'aéroport pour s'engager sur l'autoroute qui mène à la ville.

— Le pire c'est quand les clients se sont aspergés de parfum ou d'after-shave. Il y en a qui croient que les hommes ont un odorat inférieur à celui des femmes. Ou que les femmes parlent plus que les hommes. Les deux sont faux.

Puis il me demande d'où je viens. Ma réponse ne manque pas de lui confirmer à quel point les insulaires ont un visage dénué de stress.

Il me complimente sur mon manteau et m'apprend qu'il a toujours eu l'œil pour les vêtements en beau tissu sortant de l'ordinaire, comme certains tweeds. Voilà de nombreuses années, dans le magasin de confection où il travaillait alors, un vieux peintre très célèbre était venu un jour se faire couper un costume sur mesure en velours violet. Depuis lors, il a toujours souhaité voir les œuvres de cet artiste et, quand un musée lui a été consacré, au bord de la mer, il s'y est rendu dans son taxi. Après cinq cents kilomètres de route, il s'est trouvé face à l'autoportrait de l'artiste dans son costume de velours violet, expérience pour lui inoubliable.

Le chauffeur qui a changé de voie reste muet pendant plusieurs kilomètres.

— J'ai conduit des professeurs, des prêtres, des traducteurs et une actrice mondialement connue dans de drôles d'endroits, et je sais que les gens qui sont beaux souffrent aussi, dit-il en quittant l'auto-route pour les faubourgs de la ville. La plupart des gens n'ont vu la guerre qu'à la télévision. Ils n'ont jamais senti l'odeur du caoutchouc en flammes ni de la chair qui brûle, ils n'ont pas vu toutes ces jambes arrachées au bord de la route, ces pieds de toutes les pointures, certains rien qu'en chaussettes.

La circulation devient dense dès que nous prenons les rues à sens unique.

— Avez-vous déjà remarqué que les églises ont aussi des numéros ? dit-il alors que nous approchons du centre.

Il m'indique du côté de ma fenêtre une église à la façade imposante.

— Celle-ci a le numéro trente-huit. C'est comme ça qu'on peut adresser une carte postale à saint Paul. On peut écrire : « Cher Paul, merci pour l'Hymne à la charité. » Il y a moins de chances qu'on le remercie pour ses épîtres à Timothée. Paul était un peu du genre monsieur-je-sais-tout. Il partait de l'idée que les hommes ont toujours besoin qu'on leur montre le chemin dans la vie.

Le chauffeur me fait remarquer que l'église est accolée à un monastère. Il se penche du côté du siège passager et pointe le doigt vers le bâtiment.

— Ce matin, environ dix minutes avant de prendre la route de l'aéroport, j'ai vu un moine en gilet de corps qui se rasait à sa fenêtre.

Nous approchons du centre-ville. À un nouveau feu rouge, il sort un cahier et y griffonne. Il m'explique qu'il écrit quelques lignes sur chaque passager, en abrégé pour aller plus vite.

— Là je viens d'écrire : remarq. com. insul. ont vis. sans stress. Il ne faut pas sous-estimer l'usage des abréviations. Moi, j'écris tout au crayon, un crayon tendre comme celui-ci suffit pour une quarantaine de mots raccourcis, ou alors seulement une vingtaine s'ils sont entiers, avant de devoir le tailler. Le week-end, je mets au propre ce que j'ai écrit dans la semaine en reportant le tout au stylo plume dans un autre cahier, blanc avec un dos rouge. Dans celui-là, je complète mes notes d'une description physique des passagers, d'une appréciation aussi pour chacun d'eux, sans oublier de mentionner la météo, les couleurs et diverses choses curieuses qui se sont passées dans la journée. Puis je termine avec mes propres réflexions sur le sens de la vie.

Le trafic ralentit dès que nous pénétrons dans la partie ancienne de la ville, où se trouve l'hôtel.

Le chauffeur arrête le compteur et me montre quelque chose :

— C'est ici, juste ici, qu'un poète a été fusillé il y a plus de quarante ans. Il a beaucoup écrit sur la mort et sur les oranges.

Il dit que sa fille vient d'accoucher d'une

deuxième petite lundi dernier.

Il dit que nous étions peut-être destinés à nous rencontrer aujourd'hui car il ne croit pas au hasard.

Il dit qu'il est possible que nous nous rencontrions encore inopinément demain ou le jour d'après, par exemple au bureau de poste.

Il dit qu'on y trouve surtout des automates où il faut acheter les timbres soi-même.

Il dit que les gens ont, pour la plupart, cessé d'écrire et qu'il ne doit pas y en avoir beaucoup pour envoyer une carte postale à saint Paul.

Il me rend la monnaie et dit enfin que cela me ferait du bien de boire un thé. Il y a des bouilloires, des sachets de thé et des biscuits fourrés à la crème dans les chambres.

À côté de l'hôtel, on aperçoit une robe verte dans la vitrine d'une boutique de vêtements.

— Cette robe-là irait très bien avec votre teint, dit-il, l'index pointé sur elle.

Il considère la façade de l'hôtel où clignote l'enseigne : Hôtel Daisy.

— J'aurais imaginé qu'une actrice de cinéma choisirait un autre genre d'hôtel, dans un autre quartier.

Le quartier
m'est devenu familier

À force de brefs séjours, au gré de mes
nombreux voyages professionnels. Je présume que
mon mari en connaît mieux les endroits louches et
les bars. L'hôtel est tenu par deux hommes d'âge
mûr qui me confirment : il y a bien une bouilloire
et des sachets de thé dans la chambre. La rumeur de
la circulation dans la rue à sens unique parvient
jusqu'au troisième étage par la fenêtre à vitrage
simple.

Sur le mur, au-dessus d'un lit au matelas ramolli,
la reproduction décolorée d'un yacht, toutes voiles
dehors, bondissant sur les vagues d'une mer
houleuse. Le ciel occupe les trois quarts du tableau,
avec des nuages de trois sortes, inhabituels. Le
peintre semble y avoir mis tout son zèle.

Je ne passerai qu'une nuit en ville ; la prochaine,
ce sera dans la maison du père inconnu, au bord de
la mer.

Le temps s'est levé. À côté de l'hôtel, dans un
petit restaurant, je m'assieds près de la fenêtre et je

commande le menu du jour, une soupe au canard et de la langue de bœuf avec un gratin de chou-fleur.

À la télévision, une blonde lit le bulletin météo. Demain il continuera de pleuvoir. Un bel homme à la table voisine se penche vers moi et me compli-mente sur mon pull à col roulé. De ma table, près de la fenêtre, une vue plongeante sur la rue me donne l'occasion de m'interroger sur le penchant sexuel de chaque homme qui passe, sur ses désirs et ses fantasmes les plus secrets, tout en ingurgitant ma soupe au canard. La plupart sont bruns, plus petits que mon mari. À la moitié de ma langue de bœuf, je décide de l'appeler. Il se trouve justement dans le quartier, dans une rue voisine. Nous nous donnons rendez-vous en fin de journée, quand il aura un moment entre deux réunions, pour prendre un café. Après avoir fini ma langue, je fais un saut à la boutique d'en face et j'en ressors munie d'un sac contenant la robe verte de la vitrine.

INUTILE
D'EXPLORER
TOUS LES BARS, car je sais où le trouver. Quand
je fais mon entrée, en robe verte et talons hauts,
mes yeux mettent un petit moment à s'habituer à la
pénombre. Il n'y a que des hommes à l'intérieur. Le
brouhaha s'arrête un instant, puis reprend.

Je parcours les lieux du regard sans perdre de
temps à croiser tous ces yeux ténébreux. Nombreux
sont les clients qui portent les mêmes chaussures et
des vestes de coupe identique. Un homme à favoris
noirs, une veine apparente à la tempe, embrasse
son voisin sur l'oreille puis se tourne vers un
convive de la table adjacente qui lui offre du feu. Il
en profite pour me jeter un regard en douce,
d'autres me suivent également des yeux. Un peu à
l'écart du plus dense de cette foule, mon mari parle
à un homme aux boucles roux foncé et aux traits
angéliques. Flóki porte un pantalon de cuir et une
chemise rouge ; un spot au plafond projette une
auréole sur ses cheveux blonds. Il m'est à la fois
familier et inconnu. Dès qu'il m'aperçoit, il se lève

aussitôt pour venir à ma rencontre. Étonné que son interlocuteur l'ait planté là, l'autre lève les yeux dans ma direction.

— Viens, me dit Flóki précipitamment, tandis que la guirlande lumineuse clignote sans arrêt au plafond. On va aller ailleurs.

Une fois dehors, il me demande de l'attendre un instant, le temps d'aller s'excuser.

Dans la gadoue, un chat venu à moi se roule sur le flanc en miaulant, mais je m'abstiens de le caresser.

— J'espère que tu ne m'en veux pas, dit-il une fois que nous sommes sortis de la cour. Ce n'est pas un endroit pour les femmes. Ne devait-on pas se retrouver au café d'en face ?

— Si. J'étais en avance.

Nous longeons une enfilade de restaurants ; une odeur de friture plane sur la rue. Les enseignes se reflètent dans les flaques. On économise l'électricité dans cette ville, mais les restaurants l'illuminent après la fermeture des boutiques. Il fait bon s'y perdre et s'y trouver.

— Entrons là, on sera tranquilles, dit mon mari en me poussant à travers les franges d'un rideau suspendu devant la porte d'entrée.

Les murs sont orange ; il n'y a pas grand monde à l'intérieur. Dans un coin, un karaoké sur une estrade.

Son portable sonne alors que nous venons de nous asseoir ; contrairement à son habitude, il ne se sent pas obligé de s'éloigner pour un échange confidentiel, mais reste en face de moi et me regarde tout en parlant.

— Oui, non, pas ce soir. Je suis occupé, avec María. Je te rappelle demain.

Et il éteint l'appareil avant de le fourrer dans sa poche, parce qu'il ne veut pas être dérangé en ma compagnie. Si j'avais quelque chose sur le cœur, ce serait l'occasion ou jamais de le lui dire. Peut-être va-t-il faire un petit speech. Me remercier pour nos enfants et me déclarer que l'homme qu'il est aujourd'hui n'existerait pas s'il ne m'avait pas connue.

— Je ne passe pas tout mon temps dans les bars, j'ai aussi bouclé un contrat.

Je hoche la tête.

Il remplit mon verre et se penche au-dessus de la table.

— En outre je suis aussi un père.

— Et tu étais également un mari.

— Oui, j'étais aussi un mari.

Il ne dit pas : En tant qu'homme marié, ma chair torturée a été soumise à l'épreuve de désirs obsédants.

La porte s'ouvre sur un individu qui brandit un gros bouquet de vingt, trente roses enveloppées de cellophane. Il incline le bouquet vers nous.

Mon mari secoue la tête et l'homme aux roses disparaît par le rideau à franges.

— Tu donnes trop, dit-il. Aucun homme n'en vaut la peine.

C'est vrai, je n'irais pas offrir à mon mari une pauvre fleur brisée sous cellophane, mais je déverserais sur lui une pluie de roses multicolores, des centaines de roses dont chacune serait une nuance de mon amour, infini, inconditionnel. D'ailleurs n'importe quel homme fléchirait sous une telle averse de roses.

— Les échanges entre hommes sont plus simples à beaucoup d'égards, dit-il. On laisse entendre qu'on est intéressé et l'affaire est pratiquement conclue. Le problème avec les femmes, c'est qu'elles ne couchent pas sans motif.

— Ce que je trouve le plus dur, c'est de penser que je me suis fait avoir pendant onze ans.

— Je t'aimais. Les types avec qui j'allais ne comptaient pas. Il n'y avait pas de sentiments en jeu.

— Jusqu'à présent ?

— Oui, jusqu'à présent.

Il remplit à nouveau mon verre, rapproche sa chaise et pose un instant la main sur ma cuisse, puis il reprend le fil de sa pensée comme si de rien n'était.

— Il faut que je puisse être celui que je suis.

— Je ne t'en ai pas empêché.

— Non, c'est moi qui l'ai fait.

Il hésite.

— Je n'étais pas sûr. En compagnie des hommes, c'est eux qui m'intéressaient et quand j'étais avec toi, c'était toi. Je ne suis tout simplement pas le genre de type qui a toujours les idées claires sur ses sentiments.

— Tu es tout à fait sûr, maintenant?

— On n'est sans doute jamais tout à fait sûr, pas à cent pour cent, dit le mathématicien, mais je crois l'être suffisamment.

— À plus de quatre-vingt-cinq pour cent alors?

Nous nous amusions souvent avec les chiffres.

— Probablement plus près des quatre-vingt-quinze pour cent. Je ne peux tout de même pas te proposer un mari à cinq pour cent.

Je fais mentalement un survol rapide de nos connaissances, pas certaine que la passion y dépasse les cinq pour cent.

Mais l'établissement ferme ; le patron qui a descendu à demi le rideau de fer nous demande de sortir par l'arrière. Mon mari ouvre son portefeuille pour payer. Je m'étonne de ne plus y voir la photo des enfants et moi.

— Non, je n'ai plus ta photo dans mon porte-feuille. Elle est en bonne place, à la maison.

La paume de sa main descend le long de mon dos.

— Viens, dit-il, on va à ton hôtel.

Nous nous taisons sur le chemin du retour et ne disons rien non plus pendant que le gardien de nuit cherche la clef. Lorsque je pousse la porte de la chambre, l'urne empaquetée saute aux yeux. Je la soulève avec précaution et l'enfourne tout au fond de la penderie vide que je referme aussitôt. Mon ex-mari se tient près du lit et déboutonne son pantalon. C'est ainsi que les temps familiers resurgissent sous la forme d'un corps d'homme.

Je remarque alors un tatouage à son avant-bras. Il ne dit rien quand j'effleure du doigt le tracé d'une bouée de sauvetage encerclant une ancre. Il se penche sur le tas de vêtements, fourrage dans la poche de son pantalon et en extirpe un paquet de préservatifs.

— Je n'ai jamais pris de risques dans ma vie sexuelle, tu n'as pas à te faire de souci.

— De sorte que les enfants ne seront pas sans père.

— Non, ils ne seront pas sans père, dit-il en m'entourant de la bouée de sauvetage.

— Là ?

— Non, ici.

— Ici ?

— Oui, là.

C'est ainsi que, jetant un coup d'œil à l'image du yacht au-dessus du lit, je remarque sur la grève un homme solitaire sous les nuages sombres et il me semble bien qu'une mouette minuscule trace un cercle au-dessus de sa tête. Et je sens le roulis sous la coque du navire et l'odeur de cambouis et le beaupré dur comme la pierre contre le ventre nu, et les froids boulons d'acier qui s'enfoncent dans la chair. Je ferme les yeux, un goût de sel sur la langue.

Quand c'est fini, il ramène à lui le bras et son ancre, pose la tête sur l'oreiller de son côté et observe le plafond. Je sais qu'il est éveillé mais nous ne nous regardons pas. Puis il dit :

— Une fois, j'ai fait cent kilomètres pour pouvoir lire une lettre de toi.

— J'AI PEUT-ÊTRE ÉTÉ
TROP ARDENT hier, dit-il. Je ne suis pas sûr que nous ayons été bien raisonnables.

Nous sommes couchés épaule contre épaule, son ancre contre mon bras.

— Pardon.

— Je t'aime beaucoup, beaucoup, María, mais il me paraît quand même improbable que je me remette avec une femme.

Il s'assied au bord du lit et enfile sa chemise.

— Je n'ai pourtant pas le sentiment de tromper qui que ce soit.

Pendant que je prends ma douche, il passe un coup de fil. Après avoir expliqué à son amant pourquoi son portable était coupé, il entre dans la salle de bains, essuie la buée de la glace et se frotte la mâchoire. Il lui manque un rasoir.

Quand je sors de la douche, il arrange une mèche mouillée derrière mon oreille. J'aperçois dans le miroir une écorchure à mon épaule après cette nuit.

— Dans un certain sens, je t'aime toujours, mais

il faut que je sois en accord avec moi-même.

Il vérifie l'heure à sa montre, il a un rendez-vous.

— Tu es la seule personne en qui je peux avoir confiance, absolument.

— Et Flóki?

— C'est différent. Nous sommes amants.

Il ira faire des emplettes pour les jumeaux après sa réunion, en fin de journée.

— J'ai eu envie de t'acheter une robe hier, ajoute-t-il. Mais je ne savais pas comment tu l'aurais pris. J'avais peur que tu t'imagines que j'allais revenir.

Je rends la clef de la chambre et je règle, il reste avec moi sur le trottoir, sous la pluie, en attendant que mon taxi arrive.

— Quelquefois j'entends dans la rue des pas que je connais, comme ceux d'une femme qui marche bien droite sur ses hauts talons. Alors je me retourne, et ce n'est pas toi.

— Non, ce n'est pas moi.

Le taxi est déjà à mi-parcours de la gare quand je me souviens que l'urne que j'ai la charge de mettre en terre consacrée est restée au fond d'un placard de l'hôtel Daisy et nous faisons demi-tour. Pendant que le chauffeur attend, le réceptionniste téléphone à la femme de chambre pour s'enquérir d'un bocal oublié au fond de la penderie de la chambre trente-trois.

— Vous dites qu'il était enveloppé de plastique à bulles ? me demande l'employé, la main sur le combiné. Oui, elle dit qu'il est dans du plastique à bulles, répète-t-il à la femme de chambre.

Il raccroche et se tourne vers moi.

— Votre vase va arriver par le monte-charge.

L'EXPRESS

FEND LA CAMPAGNE

PAISIBLE et les images s'entrechoquent comme les pièces d'un puzzle à deux cents kilomètres à l'heure ; c'est d'abord un champ qui surgit, puis une forêt et un village, mais peu à peu l'œil se fatigue à force de tout recomposer. Dans une gare, à l'arrêt, deux soldats armés de mitraillettes arpentent tout le train, inspectant sous les sièges et contrôlant les bagages. Il s'est passé quelque chose qui a perturbé la tranquillité d'une petite bourgade. Pendant que je contemple les ruines d'un château au sommet d'une colline, le compartiment se remplit de mongoliens à casquettes jaunes qu'accompagnent deux moniteurs. Je remarque que des pissenlits poussent le long des rails et je ferme les yeux. Je rêve que je rassemble des morceaux de verre avec un balai pour que les enfants jouent ; les morceaux de verre sont comme des pièces de puzzle mais personne n'est blessé. Quand je rouvre les yeux, ma tête repose sur l'épaule de mon voisin à casquette jaune, lequel se tient assis bien droit sans bouger pour ne pas me réveiller, le voyage touche à sa fin. Il n'y a pas grand-chose à voir par la fenêtre au cours de la dernière heure ; la forêt qu'on traverse, uniforme, s'éclaircit peu à peu, jusqu'à ce qu'apparaissent le rivage et la mer étale entre les arbres.

L'homme de loi
venu me chercher à la gare se dirige droit vers
moi et se présente.

— Je vous ai reconnue tout de suite, dit-il.

Sa voiture emprunte un chemin de campagne
sinueux, entre des collines bombées. Nous traversons pour finir plusieurs villages côtiers. Je suis
toute frissonnante après le voyage. Nous n'avons
pas eu grand-chose à nous dire en cours de route.
La maison de mon père se dresse au milieu d'un
vaste jardin, non loin d'une autre propriété, à l'orée
du village. En sortant de la voiture, je lève la tête
sur la ramure frémissante d'un arbre. Mon attention s'attache aussitôt à la disposition singulière
du tronc ; dédoublé, il semble avoir poussé à partir
de deux racines, l'un à la verticale et l'autre à l'horizontale.

Une vieille décapotable est garée dans l'allée.

— Les clefs du véhicule sont dans la maison, dit
l'homme de loi.

Dès l'entrée, une odeur lourde, entêtante,
d'encaustique, nous accueille. L'homme arpente

le rez-de-chaussée d'un pas décidé, écartant les tentures et ouvrant toutes les fenêtres. Il fait chaud malgré un ciel chargé. Je suis surprise de voir que l'herbe vient d'être fauchée à cette époque de l'année. Au-delà du jardin s'étend la grève et la mer toute lisse ; pas de bateau ni d'iceberg en vue.

Je sors l'urne du sac avec précaution, enlève l'emballage et la pose sur la nappe blanche qui recouvre la table du salon. L'homme de loi me suit des yeux et contemple le vase un bon moment.

— Albert était un drôle de type à bien des égards. Je croyais le connaître mais il ne cessait de me prendre au dépourvu.

La maison a un étage. Le rez-de-chaussée comporte un salon avec une grande cheminée, la cuisine et une salle à manger. Après un coup d'œil distrait, mon attention se concentre sur tout ce qu'un homme a pu amasser en plus de six décennies, décor comparable à celui que les secours et la police découvrent quand un événement tragique a eu lieu. Sauf qu'ici le ménage a visiblement été fait. J'essaie de me remémorer si moi aussi j'ai fait les lits avant de partir. Bizarre, pour un homme qui vivait seul, de posséder autant de porcelaines et de coussins brodés. Je tends la main vers une étagère pour saisir une tasse et l'examiner. Blanche avec un liseré d'or, elle est ornée de la silhouette délicate d'une femme en robe bleue qui tient un oiseau dans sa main.

— Il n'y a pas d'autres légataires, dit l'homme de loi en posant une pile de documents sur la table. Les biens de votre père sont importants et ses dettes minimes. Vous ne devriez pas être dans le besoin.

Il parcourt avec moi les papiers à signer, les originaux de ceux que j'avais reçus par la poste.

— Votre père et moi étions amis de longue date. Il était manifestement très fier de vous. Il me disait que vous étiez une personne idéaliste avec le cœur au bon endroit. Vous êtes bien entendu une femme adulte, mais il vous appelait toujours sa petite fille.

Après m'avoir remis les clefs de la vie d'un homme que je n'ai pas connu, il hoche la tête en direction des cendres.

— Sacré gaillard.

Sur ces mots, il me précède vers la terrasse. J'ai l'impression qu'on nous observe de la maison voisine.

— Sans aller jusqu'à parler de cadavres dans le placard, il y a diverses choses qui risquent encore de vous surprendre.

Il me tend son numéro de téléphone.

— Vous pouvez m'appeler jour et nuit.

Me voici au milieu du salon ; le motif du tapis,

des losanges brun-jaune, m'est étrangement familier.

— Te voilà chez toi, Albert, dis-je lorsque nous nous retrouvons seuls.

Je commence
la visite

AU REZ-DE-CHAUSSÉE en passant de pièce en
pièce. Au moment de gagner l'étage, j'entends du
bruit dehors. Le couple de la maison voisine se
tient sur la terrasse. Ils disent qu'ils attendent mon
arrivée depuis la veille. J'ai l'impression qu'ils se
sont précipités dès que l'homme de loi a fait sa
marche arrière pour repartir. La femme me serre sur
son cœur en m'exprimant ses condoléances.
L'homme, moins volubile, se montre aussi chaleu-
reux. Tous deux me dévisagent.

— Albert nous a laissé un double des clefs, dit la
femme en lorgnant l'urne posée sur la table. Nous
étions plus que des voisins, de bons amis à lui. C'est
nous qui nous occupions de la maison et du jardin
en son absence ; hier j'ai allumé le chauffage et tout
vérifié.

Son mari a vite compris qu'elle souhaite me
parler en tête à tête et s'éclipse du côté du jardin.

— Ça me fait tout drôle de penser que c'est
Albert, dit-elle. Il prenait plus de place dans la vie.

Elle arrange la nappe et déplace l'urne pour la mettre bien au milieu de la table.

— J'avais le pressentiment qu'il ne reviendrait pas. Il avait d'ailleurs réglé toutes ses affaires. Il m'a demandé de changer les draps pour sa fille qui allait venir en visite, et de l'accueillir avec du roast-beef et des pommes de terre cuites au four dans le jus de viande.

Sur le mur, un grand tableau représente une femme en robe du soir jaune qui tient un violoncelle.

— Il possédait quelques tableaux, dit la femme. Il collectionnait aussi d'autres choses…

Elle désigne une étagère au-dessus de la cheminée où sont alignées des bouteilles renfermant des voiliers de diverses tailles.

Je parcours du regard les coussins brodés, disposés çà et là dans le salon.

— Il vivait seul ?

La femme déplace une chaise, arrange un coussin et se penche pour ramasser une saleté au sol.

— Oui, à ma connaissance, il n'y a pas eu de femme dans sa vie ces dix dernières années. Avant, il y en avait une qui venait régulièrement. Quand il nous empruntait la tondeuse, c'est qu'elle allait arriver. J'inspectais alors la maison avec lui, je passais l'aspirateur et cirais le parquet. Il souhaitait avoir mon avis sur le menu et je lui proposais, s'il voulait, de faire rôtir la viande dans mon four.

Elle m'annonce pour finir qu'elle enverra son mari me chercher quand le roast-beef sera prêt.

— Ils ont tous les deux le même prénom : Albert.

Elle donne l'impression de s'en excuser, comme si elle le déplorait.

Alors que je la raccompagne, elle m'apprend que le chêne du jardin a été l'objet d'une distinction de la municipalité l'an dernier, au titre d'arbre le plus curieux de la commune.

— Comme vous voyez, il est scindé en deux et chaque tronc pousse dans sa direction, l'un à l'horizontale et l'autre à la verticale. C'est vrai que le feuillage dissimule en partie le phénomène.

Au moment où elle prononce ces mots, une colonie de petits oiseaux noirs s'échappe de l'arbre en une sombre nuée qui s'étire vers le large.

— Ils s'en vont nicher dans le nord, dit-elle.

À NOUVEAU SEULE,

JE POURSUIS l'exploration de cette *terra incognita* en grimpant l'escalier. J'ouvre trois portes, je jette un coup d'œil sur les chambres tapissées de divers papiers peints et j'opte finalement pour la plus petite, à fleurs jaunes. Je pose la valise sur le lit avant d'ouvrir la fenêtre.

Dans la plus grande des chambres à coucher, le regard est arrêté par un grand lit double à baldaquin. Les murs sont revêtus d'un papier peint bleu uni à texture de velours. Une fenêtre donne sur le chêne fendu. Le seuil franchi, on est frappé par l'abondance de photographies, des dizaines, dans des cadres de tailles variées, sur la commode, la table de nuit et l'étagère. M'approchant pour y jeter un coup d'œil rapide, je me reconnais immédiatement à divers âges ; sur les plus anciennes je suis bébé, d'autres, plus récentes, ont été prises au sein de la famille. Un portrait avec un chat date de mes débuts à l'école, il y a aussi une photo de ma communion, une de moi en bachelière et même une de mon mariage avec Flóki. La plupart me sont familières, maman ayant les mêmes chez elle – c'est comme si j'étais dans son salon. D'autres clichés me sont inconnus.

Je reste en arrêt devant celui d'un jeune homme brun tenant une petite fille aux anglaises attachées par un ruban. Il me semble un instant que l'enfant est Bergthóra, ma fille, avant d'admettre qu'il s'agit bien de moi. De plus près, je devine que le jeune homme est Albert. Son unique héritière qu'il tient dans ses bras a probablement l'âge des jumeaux aujourd'hui. Ce qui me trouble, c'est l'arrière-plan : le jeune homme et l'enfant se tiennent au pied de l'arbre du jardin, ici même. Sur la commode, une photo de moi en robe bleu ciel me montre souriante, entre les jumeaux juchés chacun sur une bosse de terrain, à la campagne. C'est Flóki qui l'a prise et il en gardait encore tout récemment un tirage plus petit dans son portefeuille. Ai-je donné cette photo à maman qui en aurait envoyé une copie à Albert ? L'image la plus récente est celle de maman et des jumeaux, prise il y a quelques semaines, devant le sapin de Noël du salon. C'est moi qui l'ai prise. Mais ce qui me fascine et me désoriente à la fois, c'est cette quantité de photos inédites de maman à différents âges, tantôt avec moi enfant, tantôt seule. Les plus récentes pourraient dater d'il y a dix ans.

Les ressorts du lit grincent quand je m'y assieds.

Sur la table de chevet, plus grande encore que les autres dans son cadre doré, une photo isolée attire mon attention. Je m'en empare pour l'examiner en détail.

En cardigan rouge, avec un fichu à pois autour du cou, ma mère sourit. L'homme dont elle jurait qu'elle se souviendrait à peine s'il ne lui avait fait un enfant, lui passe un bras autour des épaules. Je reconnais le papier peint bleuté, ils se tiennent tous deux près de la fenêtre de la chambre à coucher de l'étage. Ma mère resplendit ; ce n'est pas la même femme que celle dont papa garde une photo dans son portefeuille.

J'entends craquer l'escalier centenaire, la poignée de la porte tourne et le mari de la voisine passe la tête par l'entrebâillement, un petit verre à la main. Il jette un coup d'œil aux photos alignées sur le lit.

— C'est ma femme qui m'envoie, dit-il. Elle m'a chargé de vous apporter un apéritif.

On dirait bien à son air qu'on l'y a contraint et qu'il a fallu insister.

— Le roast-beef sera bientôt prêt. Elle est en train de préparer une sauce béarnaise.

LA DERNIÈRE PORTE
QU'IL ME RESTE
À OUVRIR est celle d'une pièce jouxtant la chambre
à coucher et qui semble avoir été le bureau d'Albert.
Les meubles y sont en bois sombre, avec, au centre,
un grand bureau d'acajou recouvert d'une plaque
de verre. Cette pièce est la seule où le ménage semble
n'avoir pas été fait. Sur le bureau, des documents
amoncelés, des édifices de feuilles imprimées, ainsi
qu'une moitié de cigare dans un cendrier et un verre
à pied, vide. J'écarte les rideaux et j'ouvre la fenêtre.

En feuilletant l'une des liasses, je constate qu'il
s'agit d'une sorte de manuscrit – certaines pages
sont rangées dans des chemises, d'autres déjà reliées.
Je les étale sur la table, aligne les liasses côte à côte et
en compte onze. Tout laisse penser que le maître
des lieux s'adonnait à l'écriture.

Munie de sa carte de visite, j'appelle l'homme de
loi pour lui demander s'il se pourrait que son vieil
ami ait été romancier.

— Je me doutais qu'il se livrait à des travaux
d'écriture, supposant même qu'il eût pu s'agir de ses

Mémoires. À vrai dire, je n'étais pas emballé par l'idée qu'il dévoilât quelques-unes de nos frasques de jeunesse. N'allez pas croire qu'il y ait eu là quoi que ce soit d'illégal. Vous avez laissé entendre qu'il s'agirait de fictions ?

— C'est bien ce qu'il me semble. Du moins si j'en crois les titres.

— Et quelle sorte de manuscrits, si je peux me permettre ?

J'entends à sa voix qu'il est soucieux.

— Il y en a un qui ressemble à une pièce, dis-je en feuilletant le premier manuscrit de la pile. Il y a des dialogues, dix phrases par page.

— Voyez-vous quel en est le sujet ?

— Non, je n'en suis pas assez loin.

Je reviens à la première page ; la pièce est conçue pour cinq personnages.

— Est-ce que ce sont des hommes qui parlent ?

— Uniquement des femmes, on dirait.

Son soulagement est perceptible au bout du fil. Sa voix se fait même enjouée.

— C'était un drôle de numéro, Albert.

Je m'empare d'un dossier.

— Et puis, il y a là un roman.

— Ah bon ?

— Le manuscrit semble avoir été corrigé. Il me fait l'effet d'être à peu près achevé, prêt pour la publication.

— Quelle sorte d'histoire est-ce ?

— Difficile à dire. C'est plutôt épais, dis-je en compulsant le paquet, trois cent seize pages.

— Que dit la première phrase ?

Ça prend du temps de lire tout un roman dans une autre langue, même si je ne me débrouille pas trop mal.

— L'histoire débute à bord d'un navire en haute mer.

— Dieu soit loué, ce n'est pas autobiographique.

Tout en discutant, combiné en main, j'ouvre au hasard les tiroirs du bureau. Une foule de cahiers manuscrits à couverture noire et portant chacun un millésime attire mon attention.

— Il semble aussi avoir tenu un journal.

— J'ignorais cela.

Un court silence à l'appareil. Je parcours la pièce des yeux.

— Il me semble qu'Albert collectionnait toutes sortes de choses. Il y a ici, par exemple, une vitrine entière de bouteilles de whisky.

— Il n'en boira plus désormais. Je vous conseillerais de commencer par le Dalmore 62.

Identique à celui du salon, brun avec un motif à losanges, le tapis de la pièce me revient soudain clairement en mémoire. Je suis assise dessus, à jouer avec un petit train qui tourne sur ses rails, mais le chien à la langue pendante n'est pas là.

AVANT

DE TÉLÉPHONER

À MAMAN, je sors une bouteille et me sers un verre. Je lui demande tout d'abord des nouvelles des jumeaux que papy est allé chercher au jardin d'enfants, puis je lui dis qu'elle devait bien se douter que je tomberais sur les photos et les journaux intimes d'Albert. Mais il faut qu'elle aille éteindre la cuisinière ; elle en a pour un instant. Je l'entends fermer une porte.

— Oui, dit-elle, je l'avais prévu. J'attendais que tu m'appelles.

— Il y a des photos de toi dans tous les coins.

— Je ne pouvais pas te l'apprendre comme ça. J'ai eu la chance d'être aimée par deux hommes.

— Papa est au courant ? Sait-il que tu as eu une liaison pendant tant d'années avec Albert, le père de ton enfant ?

— J'ai avoué à ton papa un certain nombre de choses. Mais on ne dit pas tout à son conjoint. Il y a eu aussi de longs intervalles. Ces dernières années, nous n'avons fait que nous écrire, je lui ai envoyé des photos. Il est venu quelquefois au pays, nous avons déjeuné ensemble. La dernière fois que je m'apprêtais à le rejoindre, il y a dix ans de cela, ton papa m'a priée de n'en rien faire et je lui ai obéi.

Il me revient, de manière floue, que maman partait régulièrement à l'étranger pour rendre visite à une vieille amie.

— Mon ménage avec ton papa n'était pas mauvais, mais il y manquait l'imprévisible. Être en paix n'empêche pas de rêver. C'est ma liaison avec Albert qui a sauvé notre mariage.

— Tu n'as jamais eu envie de tout quitter pour lui ?

— Il n'en a jamais été question. Il était inenvisageable de vivre ensemble. Même si je n'ai pas toujours agi de manière raisonnable, jamais je n'aurais quitté ton papa.

Silence au téléphone.

— Ce n'est pas simple d'être adulte. Et puis on ne prend pas des décisions éclairées à tous les moments de sa vie. Comment une jeune fille de dix-neuf ans saurait-elle prendre les bonnes ?

— Tu n'avais plus dix-neuf ans quand votre liaison a pris fin. D'ailleurs a-t-elle jamais pris fin ?

— La vie n'est pas si simple. Je t'ai emmenée pour la dernière fois avec moi chez Albert quand tu avais l'âge des jumeaux, un peu moins de trois ans. Après j'y suis retournée seule.

— Oui, j'ai vu la photo.

— Tu avais peur de son chien. J'offrais à ton père un coussin brodé à chacune de mes visites. Tu peux les compter et tu verras qu'elles n'ont pas été si nombreuses.

Je bois une gorgée de whisky avant d'aborder le sujet des journaux intimes et textes divers.

— Oui, Albert était tout le temps en train d'écrire. Il tenait un journal et avait toujours un scénario en cours. Il lui arrivait de m'en lire quelques lignes.

Nouveau silence au bout du fil. J'avale une autre gorgée. Le breuvage ambré commence à faire son effet.

— Tout n'est pas vrai dans son journal, les faits qu'il rapporte ne se sont pas produits ainsi dans la réalité. Ses journaux intimes peignent ses pensées, ses rêves et même ses obsessions, pas la vérité. Son rêve, c'était moi. Pour Albert, ce qui n'a pas eu lieu avait autant de réalité que la réalité elle-même.

Je lui demande si elle veut récupérer ces carnets.

— Non, je n'en veux pas.

— Et sa collection de timbres ?

En prononçant ces mots, je mesure mon cynisme.

— Non, je ne veux rien. Ton papa et moi, nous avons tout ce qu'il faut. C'est ton papa, l'homme de ma vie, pas Albert.

Nouveau silence au bout du fil.

— Ton papa et Albert avaient en commun la créativité. Chaque fois qu'il raconte une histoire aux enfants, il ajoute de nouveaux épisodes. Il semble incapable de s'en tenir à la lettre. Il a d'ailleurs couché tout cela sur le papier. Il envisage de chercher un éditeur qui veuille bien y jeter un œil.

Je passe d'une fenêtre à l'autre pour que la communication soit meilleure.

— Veux-tu que je te décrive la vue ?

— Non, c'est inutile.

Nous nous taisons de longs instants.

— Il a laissé du champagne pour moi dans le réfrigérateur.

— Tu pourrais t'asseoir sur la terrasse et le boire. N'as-tu pas quelque chose à fêter ?

Inutile de lui avouer que j'en suis déjà à mon deuxième verre.

Papa et elle vont planter des pommes de terre au printemps, des Bleues des Îles. C'est une nouvelle variété, m'apprend-elle.

— Je poursuis mon voyage demain.

— Je sais. Nous viendrons vous accueillir, papy et moi. N'as-tu pas dit que c'était une petite fille ?

Nous sommes trois
autour de la table
et la voisine est le porte-parole du couple.

— Nous vous suivions de loin, mon mari et moi. Albert était très fier de vous. Par ailleurs, il était peu enclin à raconter sa vie, pas même à ses amis les plus proches.

À part cela, comme elle s'inquiète de savoir s'il ne me manque rien, je l'informe que je ne resterai que deux jours dans la maison, par ailleurs bien ravitaillée, y compris l'arrière-cuisine remplie de pots de confiture et de bocaux de fruits au sirop. La seule chose qui me manque serait du lait pour le café.

Le mari voudrait savoir si je compte essayer la voiture à boîte de vitesse manuelle. Il m'initierait dans ce cas au maniement du levier. Je lui dis que je reviendrai plus tard. Après le repas, son épouse m'offre une infusion, tout en me déconseillant de vagabonder dehors sous la pluie.

— Il pleut souvent trois jours d'affilée, mais le temps finit toujours par se lever. Autrement, nous aurions pu prendre le thé sur la terrasse. Albert apportait parfois une bouteille que mon mari et lui buvaient de conserve. Les deux Albert.

Au moment de prendre congé, on me prévient que je dois m'attendre à des coupures de courant, la maison étant située en bout de ligne. La pluie a cessé quand je reprends le chemin de mon logis. Une bouteille de lait en main, je traverse la pelouse dans la nuit noire. J'allume la lampe de la petite chambre d'amis et je m'apprête à me coucher sans défaire ma valise. La lampe s'éteint et se rallume par intermittence. Avant de m'endormir, j'arrose la fleur en pot de la fenêtre à l'aide du verre à dents.

Tout autour de moi, le papier peint fleuri de jaune, un champ d'asters dont le parfum embaume ; juste avant de fermer l'œil, venu du ciel d'encre, un papillon transparent entre en voltigeant par la fenêtre et se pose sur l'édredon.

Une seule fois, je m'éveille dans l'obscurité de la nuit sans parvenir aussitôt à identifier les bruits inconnus. Puis je replonge dans un profond sommeil, glissant d'un songe indéchiffrable à un autre. Au matin, je rêve que mon mari se tient au bout d'une ruelle pavée si étroite que l'on distingue à peine une mince bande de ciel. Je le vois alors disparaître de mon champ de vision, ou plutôt je sens qu'il disparaît car je reconnais le bruit de ses pas même en rêve et il me suffit d'apercevoir l'une de ses semelles dans le noir pour savoir à quel point je l'aime. C'est alors qu'au bout de la rue surgissent trois filles de joie bien en chair, le visage bouffi, vêtues de noir et de rouge. Comment ignorer qu'elles font le pied de grue à cet endroit depuis dix ans ? Quand Flóki s'engouffre dans la même entrée qu'elles, je fronce les sourcils, sachant pertinemment, au cœur de mon rêve, qu'il ne s'intéresse pas aux femmes. Je le suis et frappe à la porte du palier par où il a disparu. Il ouvre et se montre fort aimable ; je ne m'attendais pas à ce qu'il me laisse entrer.

E**N ME RÉVEILLANT**
LE LENDEMAIN MATIN
DANS LA MAISON de mon père, je me sens reposée. Je cherche longtemps un moyen d'allumer le gaz et finis par trouver un stock de boîtes d'allumettes dans un tiroir de la cuisine. Une inspection des placards laisse penser que le maître de maison devait s'approvisionner en gros : une énorme quantité d'éponges s'accumule sous l'évier, une foule de savons sur les étagères, des produits d'entretien par dizaines dans un compartiment ainsi que des paquets de lessive en poudre empilés dans la buanderie attenante à la cuisine. Après avoir fait chauffer du lait pour mon café, j'ouvre la porte du jardin. J'ai mis la blouse repassée avant de partir et j'ai relevé mes cheveux, maintenus par deux pinces. L'herbe est humide et drue ; je sens sur mes paupières la douceur printanière du soleil, bien loin encore d'être un astre flamboyant. De l'autre côté de la mer, le même soleil n'est encore qu'une froide rayure, à peine une fente à hauteur des groseilliers. Sur les cent mètres qui séparent la terrasse

de la grève, j'ai l'impression d'être suivie par les yeux vigilants des voisins. À dix heures du matin, la plage est une terre encore vierge. Je commence par ôter mes chaussures sur le sable mouillé, puis le reste en vrac hormis mes sous-vêtements. Mon corps entier est parcouru de chair de poule tandis que je pénètre dans l'eau glaciale, foulant coquilles acérées et goémons à cloques ; j'aspire une grande goulée d'air. Mes doigts sont insensibles. Je sens l'odeur douce amère des algues pourrissantes. Toujours plus loin, tendant la main dans l'eau informe, je poursuis résolument mon avancée vers les profondeurs. Quand l'eau m'arrive à la taille, je respire un bon coup et me lance dans la vague. La fraîcheur ruisselle sur ma peau mais l'eau est moins glacée que je ne m'y attendais. Mes membres brassent la végétation marine et c'est cernée d'une vase verte que je refais surface. Je m'enfonce à nouveau dans le creux de la vague, coule à pic dans l'eau trouble, jusqu'au fond ténébreux. Remontant des profondeurs, j'aspire une grande bouffée d'air en gigotant sous un nuage immobile. Je m'éloigne enfin du rivage, le cap sur l'horizon.

Si je ne revenais pas, disons si la mer me prenait, quel souvenir des enfants de deux ans et demi garderaient-ils de celle qui aura été au cœur de leur vie jusqu'à ce jour ? Se rappelleront-ils mon contact, ma voix, ou plutôt mon odeur ? Se souviendront-ils du souffle blanc que nous produisions dans le noir, couchés dans le hamac ? La position des astres dans le ciel leur restera-t-elle source de rêverie plus tard dans la vie ? Ou bien leur premier souvenir sera-t-il lié au chien de l'amant, à sa langue et à ses babines ? Se remémoreront-ils un motif du tapis plutôt que leur propre mère ?

Quand je sors de la mer, les chevilles cerclées d'algues, l'onde salée dégouline le long de mon corps. Quand je me penche pour ramasser mes vêtements en tas, le portable au beau milieu se met à sonner. C'est mon ex-mari.

— Joyeux anniversaire !

— Je te remercie.

— J'entends la mer. Tu es à la plage ?

L'eau salée coule de mes cheveux.

— Je repars demain, dis-je.

Il y a un silence au téléphone.

— Je peux venir vous chercher à l'aéroport.

— Inutile, les jumeaux viendront avec leur mamie et leur papy.

La voisine m'attend sur la terrasse, une serviette et un peignoir à la main. Mes vêtements entre les bras, je n'ai pourtant pas froid.

— Nous avons failli appeler la police en vous voyant disparaître dans les vagues. Sans être sur la grand-route, c'est un lieu de baignade très fréquenté en été. Mon mari m'a dit de patienter cinq minutes. Nous vous guettions avec les jumelles en comptant les minutes où vous restiez sous l'eau et manifestement vous contrôliez la situation. Albert était comme ça, lui aussi : téméraire, souvent imprévisible dans ses décisions.

En enfilant le peignoir, j'annonce à ma voisine la poursuite de mon voyage dès le lendemain.

— Je reviendrai plus tard avec la famille.

— Nous pourrions vous trouver un locataire temporaire. En attendant que vous décidiez de garder la maison ou pas.

— Dans un premier temps, je vais la prêter à une amie romancière qui a un livre en chantier et qui s'intéresse aussi à l'art culinaire.

— Je vois.

Avant de téléphoner à Perla, je vais chercher la bouteille de champagne dans le réfrigérateur et je m'installe sur une chaise de jardin.

— Je viens de parler
à Steingrímur.

— Steingrímur qui?

— Ton admirateur de la maison voisine. L'ornithologue qui garde votre chatte.

— Ah bon?

— Il savait que j'étais écrivain et il voulait me montrer un poème de sa composition. Ça tournait autour d'un nid, avec plein de rimes et de connotations charnelles, mais à tout prendre, pas si mal que ça. Je lui ai conseillé de le transformer dans le genre limerick. Pour me remercier, il a promis de m'aider à nettoyer la gouttière – la météo prévoit un brusque dégel après le week-end. La température va passer de moins dix à plus dix en un seul jour.

Je suis heureuse d'apprendre que la plante pousse bien, que de nouveaux bourgeons de feuilles prennent la relève de celles qui ont fini en infusion la semaine passée.

— Ainsi donc nous devrions pouvoir en boire une autre tasse à l'occasion, dit-elle.

Je lui propose de lui prêter la maison pour écrire.

— Je changerais volontiers d'horizon, acquiesce Perla. Dans une société comptant des millions de personnes, les nains s'y trouvent forcément plus nombreux.

Elle est dans une phase de créativité intense. Les idées jaillissent à tire-larigot sans même qu'elle puisse les trier ; c'est comme une foule de lignes mélodiques jouées simultanément.

— Je sens le poète naître en moi. Mais pour rassembler les fonds pour le voyage, l'auteur de polars ne m'ayant pas encore réglée, ça risque de me prendre quelques mois.

— Et si je t'invitais ?

— Tu es donc devenue une riche héritière ?

Je ris.

— Et tu as trouvé tes racines ?

— Peut-être quelques fines radicelles.

Elle demande si la maison est près de l'océan.

— Elle est au bord de la mer.

— Il faut que je voie la mer pour écrire.

— Je m'en suis souvenue.

— De quelle couleur est-elle ?

— On ne voit pas bien parce que la nuit tombe. Aujourd'hui elle était dans les verts. Incolore et salée entre les doigts.

— Quelle sorte de vert ?

— Vert d'algues.

— Les conditions rêvées pour un écrivain sont un ciel chargé et une mer lourde.

— La maison se trouve à la lisière d'un petit village.

— C'est parfait. Je n'ai jamais aimé le feu des projecteurs.

Elle veut savoir si ça grouille d'insectes. Je lui dis que je ne le pense pas.

— En tout cas pas en cette saison.

— Le livre est quasiment prêt, il me reste à boucler deux ou trois petites choses avant de le mettre au net. Il y a toujours des contretemps. Hier il a fallu que j'accompagne ma tante chez l'ophtalmo.

Je rentre chercher une couverture et je remplis mon verre. Le réglage de la chaise de jardin permet deux positions. On peut incliner le dossier de manière à ce que les étoiles soient visibles à travers la frondaison des arbres.

— Ce sera un récit à plusieurs voix, où plusieurs mondes se côtoient, où mon héros se remémore un événement donné qui s'éclairera d'un jour nouveau à chaque récapitulation. Même si je me rends bien compte que je ne suis pas la seule sur ce créneau, ce sera une sorte de roman à l'intérieur du roman.

— Je vois.

— L'idée est que l'histoire reflète sa propre élaboration et que l'auteur lui-même en soit l'un des personnages.

J'étale sur moi la couverture.

— Le problème, c'est la vraisemblance au sein de l'histoire. Le lecteur ne sait pas toujours sur quel pied danser.

— J'en déduis que tu vas accepter mon invitation et traverser l'océan.

C'est alors que je la vois : deux yeux me fixent au milieu de l'arbre. Un échange de regard avec une chouette, que je rapporte aussitôt à Perla.

— À propos de gibier à plumes, on a cru un moment que le messager du printemps était arrivé parce qu'une femme dans l'est de l'île avait entendu l'appel du pluvier doré, sans toutefois le voir. Vérifications faites, c'était un étourneau qui imitait le cri du pluvier.

La chouette ne bronche pas, bien que je me sois levée et avancée jusqu'à elle.

— Le corbeau reprend aussi du poil de la bête. Hier nous avons partagé deux tranches de bacon.

J'annonce à mon amie que je ne rentrerai pas seule.

— Un enfant m'attend, dis-je.

— Moi, c'est une histoire qui m'attend, rétorque l'écrivaine. Comme si on m'avait confié un monde qui n'appartient à nul autre.

Les journaux
intimes d'albert,

textes et photos remplissent trois cartons.
Après les avoir refermés avec du ruban adhésif, je
vais chercher ma voisine.

Les vêtements sont bien pliés en piles sur le
grand lit. Son mari pourra récupérer une partie des
chemises, parce qu'ils faisaient la même taille, les
deux Albert. Elle se chargera de donner le reste. Je
lui demande si elle souhaite conserver quelque
objet personnel de leur ami.

— Peut-être le lecteur de DVD, nous n'en avons
pas.

Elle referme la porte de la chambre à coucher, les
yeux fixés sur le plancher.

— Nous n'étions pas amants, même si certaines
apparences pourraient le laisser penser.

— L'idée ne m'en a pas effleurée.

Je l'entretiens des dernières volontés d'Albert,
de son souhait de voir son urne déposée dans la
tombe d'une tante célibataire, violoncelliste, au
cimetière du village, et lui demande de bien vouloir

parler au prêtre afin qu'il bénéficie d'une petite cérémonie d'adieu. Son mari et elle, m'assure-t-elle, s'en chargeront.

— Le prêtre officie une fois par an.

La voisine effectue trois allers-retours entre les maisons, le premier avec les chemises, le deuxième avec un carton de plantes aromatiques et l'ultime avec l'urne aux cendres que je suis des yeux. En costume-cravate noir, son mari se tient à leur porte pour accueillir son voisin et homonyme. Nous nous faisons signe de la main chacun depuis sa pelouse.

Je change deux fois d'avion

ET DORS PENDANT PRESQUE TOUTE la durée du vol, me réveillant toutefois assez tôt pour voir la terre brûlée, d'un rouge brun, que nous survolons juste avant que l'avion ne pique sur l'aéroport poussiéreux, gardé par des soldats armés jusqu'aux dents. Tout cela m'est familier, je suis venue ici bien des fois dans le cadre de mon travail. La chaleur s'abat comme une chape à la sortie de l'appareil et les vêtements collent presque aussitôt au corps. Loin du sel de la mer s'étendent partout la poussière et une végétation desséchée. La piste qui mène à la ville est bordée d'enfants cendreux et de chats faméliques. Le dénuement le plus absolu saute aux yeux ; malgré cela, les enfants sourient et agitent les mains ; leurs visages s'illuminent. La directrice du foyer m'accueille et je lui tends les papiers.

— Elle est prête à vous suivre, dit-elle.

C'est un soulagement de n'avoir pas à choisir.

Je ne pourrais pas survoler d'un regard indécis le

groupe d'enfants tandis qu'assis en silence, immobiles, ils m'observeraient de leurs grands yeux assombris par la vie.

Il aurait fallu alors que je dise en pointant le doigt :

— Celui-là, là-bas.

Et si on m'avait interrogée sur mon choix, sans doute aurais-je déclaré :

— Parce que c'était le plus près de la porte.

Non, je ne pourrais pas choisir un enfant.

Nous traversons l'enclos derrière le bâtiment. Çà et là, des citernes vertes recueillent l'eau de pluie.

— Beaucoup arrivent ici trop blessés pour qu'on puisse les sauver, dit la directrice du foyer. La situation s'est tout de même améliorée depuis votre dernière visite, ajoute-t-elle en soulevant du sol une petite fille.

Âgée d'un an environ, elle est sur la défensive. Nous passons dans une autre pièce dont les murs écaillés ont jadis été peints en vert. Je suis la directrice sans oser tourner la tête vers les autres enfants, sans oser regarder ceux qui restent. Aucun ne pleure.

La femme flanque la petite sur une table nue et allume une lampe. L'enfant terrifiée lutte contre les larmes. Le médecin entre. Il est pâle. Je fouille dans mon sac pour en extraire une poupée.

— Pas si vite, dit la femme occupée à lui ôter sa chemisette fermée par une épingle.

La petite a remarqué la poupée, elle lui jette des coups d'œil sans oser la prendre.

Le médecin passe le doigt autour du cou de l'enfant.

— Vous êtes bien tombée, dit-il. C'est une petite fille décidée, à l'esprit clair, dotée d'un incroyable désir de vivre. Elle est l'unique rescapée de sa famille. Des voisins l'ont gardée quelque temps et puis l'ont mise dehors.

Il s'interrompt un instant.

— Elle est en bonne santé, pour autant que je puisse en juger. À part la vue ; il faudrait envisager des lunettes quand vous rentrerez chez vous. Où est-ce, déjà ?

Et le voilà reparti. Il doit procéder à des vaccinations. La directrice l'accompagne au-dehors pour échanger quelques mots. Nous sommes seules dans la pièce, la petite et moi. Je la prends pour la serrer dans mes bras. Elle sent la cannelle et son petit cœur bat à se rompre.

Une fois les papiers remplis, on nous conduit en ville jusqu'à un hôtel avec ventilateur au plafond et moustiquaire autour du lit. Encore sur ses gardes, la petite se tranquillise peu à peu. Elle enregistre avec attention l'espace environnant. J'ai apporté des cubes, un puzzle et quelques albums illustrés. Elle semble intéressée. Pour qu'elle me voie bien, je m'installe sur le lit en face d'elle. Elle pointe l'index sur une image. Je lui souris et caresse sa joue. Elle rampe vers moi pour aboutir dans mes bras. Je lui montre aussi des photos du frère et de la sœur à la maison et lui raconte que nous allons partir ensemble en voyage. Je la chatouille un peu pour la voir sourire. Après lui avoir donné à boire, je la couche et elle ne tarde pas à s'endormir. Une fois la petite bordée, je m'étends tout habillée près d'elle, à contempler le ventilateur.

Sa mince robe n'est guère faite pour un voyage vers le printemps froid du Nord ; je sors des vêtements chauds de la valise et les dispose sur une chaise.

Enfin j'appelle maman, la prévenant que je serai brève.

— Elle est adorable, dis-je.

Et puis je ferme les yeux.

J'ai un peu réfléchi à la fin. Je suis maintenant d'avis de faire revenir mon héroïne avec l'enfant à bord d'un bateau pour qu'elles voient l'île surgir de la mer. Le voyage sera un peu long et diverses espèces d'oiseaux apparaîtront en cours de route — le premier oiseau migrateur pourrait éventuellement se trouver sur le même bateau. Quand l'étrave du navire pénétrera dans le fjord au sortir d'une écharpe de brume — oui, la mère et la fille auront mis du temps pour arriver à bon port — l'oiseau prendra son essor depuis le pont et on le verra se poser sur une congère et chanter. Les montagnes seront encore blanches de neige et je pourrais décrire un ciel d'un rose pâle singulier, comme un poumon d'enfant. À moins que je ne procède différemment en laissant mon héroïne, encore loin au large, deviner tout d'abord un point de terre, gros comme une tête d'épingle, qui grandit et se rapproche peu à peu jusqu'à ce que le navire parvienne au pied d'une falaise à pic, tel un immeuble décuplé le long duquel le vacarme des oiseaux de mer monte en puissance comme le crescendo d'une symphonie. Quelqu'un lance alors une échelle de corde et déclare : « Tu es donc revenue chez toi. » Ou, alors, sur le mode interrogatif : « Es-tu donc revenue chez toi ? » Et elle gravit l'échelle, progresse dans son ascension. Non, elle prend d'abord l'enfant dans ses bras, tandis que, de là-haut, une main se tend vers elle, oui, ce serait plutôt comme ça.

Jean-Luc HENNIG
Brève histoire des fesses

Stefan HEYM
Les Architectes
traduit de l'allemand par Cécile Wajsbrot

HWANG Sok-yong
Le Vieux Jardin
traduit du coréen par Jeong Eun-Jin
et Jacques Batilliot
Shim Chong, fille vendue
Monsieur Han
traduits du coréen par Choi Mikyung
et Jean-Noël Juttet

Roland JACCARD
Dictionnaire du parfait cynique
dessins de Roland Topor

Yitskhok KATZENELSON
Le Chant du peuple juif assassiné
traduit du yiddish par Batia Baum
et présenté par Rachel Ertel

LEE Seung-U
La vie rêvée des plantes
Ici comme ailleurs
traduits du coréen par Choi Mikyung
et Jean-Noël Juttet

Marcus MALTE
Garden of Love
Intérieur nord
Toute la nuit devant nous

Miquel DE PALOL
Phrixos le fou
À bord du Googol
traduits du catalan
par François-Michel Durazzo

Thierry PAQUOT
L'Art de la sieste

Nii Ayikwei PARKES
Notre quelque part
traduit de l'anglais (Ghana)
par Sika Fakambi

Eduardo Antonio PARRA
Les Limites de la nuit
traduit de l'espagnol (Mexique)
par François Gaudry

Georges PEREC
Jeux intéressants
Nouveaux jeux intéressants

Serge PEY
Le Trésor de la guerre d'Espagne

Ricardo PIGLIA
La Ville absente
Argent brûlé
traduits de l'espagnol (Argentine)
par François-Michel Durazzo

Le Chant de la fidèle Chunhyang
traduit du coréen
par Choi Mikyung et Jean-Noël Juttet

Histoire de Byon Gangsoé
traduit du coréen
par Choi Mikyung et Jean-Noël Juttet

Les Kâma-sûtra
suivis de *l'Anaṅgaraṅga*
traduit du sanskrit
par Jean Papin

la collection de poche des éditions Zulma

LA COUVERTURE
DE *l'Exception*
A ÉTÉ CRÉÉE PAR DAVID PEARSON
ET IMPRIMÉE SUR OLIN ROUGH
EXTRA BLANC PAR L'IMPRIMERIE
FLOCH / J. LONDON À PARIS.

LA COMPOSITION,
EN GARAMOND ET MRS EAVES,
ET LA FABRICATION DE CE LIVRE
ONT ÉTÉ ASSURÉES PAR LES
ATELIERS GRAPHIQUES
DE L'ARDOISIÈRE
À BÈGLES.

IL A ÉTÉ ACHEVÉ D'IMPRIMER
EN FRANCE PAR L'IMPRIMERIE FLOCH
À MAYENNE SUR LAC 2000 LE VINGT-HUIT MARS
DEUX MILLE QUATORZE POUR
LE COMPTE DES ÉDITIONS ZULMA,
HONFLEUR.

978-2-84304-695-7
N° D'ÉDITION : 695
DÉPÔT LÉGAL : AVRIL 2014

✳

NUMÉRO
D'IMPRIMEUR
86575

✳

IMPRIMÉ EN FRANCE